KB273249

안녕, 용광로

안녕, 용광로

성준 장편소설

차례

할머니, 저예요

새벽부터 내리던 비가 더 거세졌다. 거대 로봇이 하늘에서 젖은 걸레를 쥐어짜는 것 같았다. 걸레처럼 시커먼 구름에서 구정물 같은 비가 쉴 새 없이 내렸다. 폭우도 화산을 식히진 못했다. 오늘도 시뻘건 용암이 바다로 흘러 커다란 돌을 만들고 있었다. 비 맞으며 일하는 아이들은 젖은 시궁쥐 꼴이었다. 그래도 더운 것보다는 나았다. 아이들은 식수를 확보하려 탑들 사이로 양동이를 깔아 놓았다.

바람도 불었다. 휘파람 소리를 내던 바람은 이제 고함 소리를 낸다. 조금 있으면 번개도 칠 것이다. 번개가 토탈(Total)을 때리면 그렇게 멋있을 수가 없다. 아이들은 그 장면을 자연과 기계의 대결이라 했다. 번개를 맞든 우박을 맞든 토탈은 끄떡없다. 늘 고고하고 사나운 맹금류처럼 날아다닌다. 토탈의 렌즈는 꼭 독수리 눈알처럼 번뜩였다. 아이들은 번개에 당하기 전에 탑 밑으로 숨어 몸을 웅크렸다. 독수리를 피해 도망치는 시궁쥐 같았다. 눈을 감고 귀를 막고 몸을 옹송그렸다.

용광로에서는 알아서 살아남아야 한다. 그래도 언제나 희망은 있다. 오늘은 이 모양이지만 내일은 해가 뜰 것이다.

언제나 희망이 있는 법이라지만, 이곳에서는 그렇지도 않은 듯했다. 지옥이 절망적인 이유는 끝이 없기 때문이다. 이곳의 일도 끝이 없다. 아이들이 언제 풀려날지는 아무도 몰랐다.

해가 뜨면 용광로는 열기로 가득해진다. 돌덩이도 열을 받아 뜨거워지고, 아이들의 얼굴도 벌겋게 달아오른다. 태양은 녀석들에게 벌을 주듯 열기를 쏘아 댄다. 6월의 태양은 뜨거웠다. 7월과 8월의 태양은 더 뜨거울 것이다. 그리고 겨울이 되면 혹독하게 추울 것이다. 추운 날에는 돌이 더 무겁게 느껴진다. 물론 더운 날에는 그것보다 더 무겁다.

비구름이 옅어지자 번개도 뚝 그쳤다. 작업은 다시 시작됐다.

"더는 못 하겠어. 게다가 오늘따라 눈에 낀 렌즈가 더 뻑뻑해. 감사합니다."

튤립이 투덜거렸다. 그러면서도 돌덩이를 옮기는 동작은 감히 멈추지 못했다.

"나도 못 하겠어. 내 렌즈도 뻑뻑해. 하지만 이걸 벗었다가는 눈알이 큰 손상을 입는다니까 벗지도 못해. 난 이러다가 실명하고 말 거야! 기대됩니다."

카라가 대꾸했다. 카라는 특히 화산재 속에 섞인 미세한 유리 파편을 걱정했다. 마그마가 순식간에 식으면 결정화되지 못한 실리카가

 안녕, 용광로

미세하고 뾰족한 유리 파편이 되어 공기 중에 떠다닌다. 지금 눈이 뻑뻑한 것도 그 미세한 파편이 렌즈를 자극하기 때문일 것이다. 그래도 돌덩이를 옮기는 일을 멈추지는 못했다. 토탈이 머리 위를 휙 지나가고 나서야 둘은 밝은 표정을 풀고 원래 표정으로 돌아왔다.

"잠깐만 쉬자. 달콤합니다."

튤립이 손을 탈탈 털며 말했다. 손바닥에서 뿌연 먼지가 일어났다. 그때 토탈이 다시 아이들 머리 위를 천천히 지나갔다. 아이들은 행복에 겨운 미소를 지으며 씩 웃어 보였다. 토탈은 재빨리 그 표정을 촬영하고 사라졌다.

"오늘 우리 웃는 표정, 총 몇 분 지었지? 할당량 채우려면 더 노력해야 해. 아무튼 조금 쉬자."

튤립이 다시 손을 털며 제안했다.

"안 돼. 토탈한테 걸리면 끝장이야. 이건 내 생각인데, 비밀 기지에 군인들이 잔뜩 있을 거야. 토탈로 우리를 감시하다가 화가 나면 끌고 가서 마구 때리겠지. 그리고 우린 가뜩이나 두 명밖에 없어. 다른 애들보다 불리하잖아. 쉴 시간이 없어."

카라는 상상만 해도 무섭다는 듯 몸을 부르르 떨며 말했다. 오늘은 날이 흐려 탑 그림자의 각도로 시간을 추정할 수 없다. 이제 시간이 얼마나 남은 건지 알 수 없어 더 불안했다. 일과 시간 안에 어떻게든 탑을 완성해야 했다.

"그럼 돌을 한 번만 더 옮겨 놓고 5분 쉬자. 이번엔 두 개씩 들고 오는 거야. 그럼 쉬는 시간을 마련할 수 있어."

튤립이 제안하자 카라도 어쩔 수 없이 동의했다. 뭐라고 혼자 구시렁거리기는 했지만. 그때 머리 위로 토탈이 또 휙 지나갔고, 아이들은 두려움에 몸을 부르르 떨었다. 추운 날 오줌 쌀 때처럼.

석가탑이나 다보탑만큼 예쁘게 쌓을 필요는 없다. 토탈이 예술품을 좋아하는 것 같지는 않으니까. 하지만 아이들이 탑을 크고 높이 쌓을수록 토탈은 그걸 더 자주 촬영했다. 어느 정도 높이 쌓아야 토탈에게 점수를 받을 수 있는지, 그 기준은 아무도 모른다. 그냥 쌓아야 한다.

튤립은 도대체 알 수가 없었다. 왜 끝도 없이 탑을 쌓아야 하는지. 338개까지는 셌는데 그 뒤로는 몇 번째 탑인지 잊어버렸다. 이제 한 593개쯤 쌓았을까. 대체 몇 개를 쌓아야 집에 갈 수 있을까.

탑은 쌓으면 쌓을수록 힘들어졌다. '용광로'라고 불리는 이곳은 아무래도 지구가 아닌 게 분명했다. 적어도 카라는 그렇게 확신했다. 용광로의 바깥은 바다처럼 보이는 거대한 액체가 에워싸고 있었는데, 카라 말로는 그건 물이 아니라 염산이라는 것이다. 바다가 아닌 쪽에는 높은 활화산이 솟아나 있다. 화산은 침을 흘리듯 끊임없이 용암을 흘린다. 천천히 산을 타고 내리는 용암은 바다와 만나 연기를 피워 댄다. 연기가 걷히면 용암이 돌이 돼 있다. 아이들은 그 장면을 천지 창조라고 불렀다. 천지 창조는 매일 몇 번씩이고 일어난다. 화산이 계속 돌을 만들어 냈기에 나중에는 저 돌도 옮기라고 할 것 같았다. 그러니 아마 이곳의 돌을 다 옮긴다 해도 집에는 못 갈 듯싶었다.

     안녕, 용광로

만일 운이 좋아 용광로에서 탈출한다 해도 그 너머의 바다와 화산에 막혀 갈 수 있는 곳은 없을 것이다. 저 바다 너머로는 무엇이 있을까. 그 너머에는 또 다른 용광로가 있을 것이고, 거기에는 또 다른 튤립, 카라, 흑장미 등이 우리와 비슷한 일을 하고 있을 것 같았다. 그곳에서도 토탈은 똑같은 모습으로 하늘을 날아다닐 것이다.

이 무시무시한 시설 한가운데에는 거대한 돌무더기가 있다. 옛날에 큰 지진으로 무너진 잔해라고 들었다. 아이들은 그 거대한 돌무더기를 돌무덤이라고 불렀다. 이 돌무덤에서 돌을 옮겨 탑을 쌓아야 한다.

◇

탑을 쌓으라고 시킨 사람은 없었다. 어쩌면 용광로를 만든 위원회는 아무 생각 없이 이곳을 만든 게 아닌가 할 정도로 뚜렷한 목표도, 준비도 없어 보였다. 아무래도 들끓는 여론 탓이었을 것이다. 여론을 업고 아이들을 일단 사회에서 격리하긴 했지만 뭘 어떻게 해야 할지는 고민할 여유가 없었던 것 같다. 신중하게 접근하자는 사람들도 있었지만, 그럴 때가 아니라는 비난이 더 거셌다. 입을 틀어막으니 반론을 제기하는 사람이 사라졌다.

처음엔 아이들을 그냥 그대로 두었다. 끝없는 무료함을 느끼면 자신의 구겨진 내면도 돌아보고, 노동의 소중함도 깨닫게 될 거라고 위원장이 주장했다. 위원장이 주장하니 위원들은 고개를 끄덕이며 박수를 쳤다. 그래서 그렇게 했다.

위원장의 말이 옳았는지 아닌지는 모르겠지만, 아이들은 정말 뭔가를 하기 시작했다. 보이는 거라고는 돌무덤에 있는 돌덩이밖에 없으니 그걸 가지고 놀기 시작했다. 어쩌면 석기시대 아이들이 그렇게 놀았을 것 같다. 그때도 돌밖에 없었을 테니. 그러다가 아이들은 돌을 부수거나 깎아서 어떤 모양을 만들기 시작했다. 얼마나 심심했으면 단단한 돌을 부수거나 갈아 댔을까.

토탈이 용광로의 상공을 촬영해 보낸 사진들을 보며 위원장은 흡족해했다. 역시 자신의 생각이 옳았던 것이다. 무료함에 빠뜨리니 노동의 소중함을 깨우치는군! 돌을 갈고 닦으며 자신도 갈고 닦는군! 위원장은 이 성과를 대대적으로 홍보했다.

아이들 취향이 다 같지는 않았다. 어떤 아이들은 돌을 부수거나 깎는 대신 작은 돌탑을 쌓았다. 처음엔 3층에서 시작했지만 돌탑은 점점 크고 높아졌다. 게다가 힘을 모아 함께 탑을 쌓는 아이들도 생겼다.

"오호!"

토탈이 찍은 돌탑 사진을 보고 위원장은 무릎을 "탁" 쳤다. 그러자 위원들도 박수를 쳤다.

"위원장님, 저렇게 부지런해야 K청소년 아닙니까. 잠시도 쉬지 않고 자발적으로 노동을 하니, 모두 위원장님의 지도 덕분입니다."

"위원장님, 탑은 쌓다가 무너지면 다시 쌓아야 합니다. 높은 집중력과 끈기를 키우기에는 탑 쌓기만 한 게 없습니다."

"위원장님, 지금 아이들은 노동의 가치와 자발적 협동의 소중함을 동시에 깨우치고 있습니다. 저런 게 살아 있는 교육 아닙니까."

위원장은 기분이 좋아졌다. 특히 'K청소년'이라는 표현이 마음에 들었다. 홍보용으로 딱 좋은 표현 같고, 요즘 트렌드에도 맞았다.

"탑을 쌓는다는 건 우리 전통 문화를 대변하고 표현하는 행위요. 외국에 K문화를 알리는 효과도 거둘 수 있을 거요."

돌로 탑을 쌓는 건 어느 문화권이든 하는 행동이다. 피라미드나 앙코르와트, 지구라트 같은 것들도 돌로 쌓은 탑의 일종이다. 그래도 위원장은 등산 갈 때 보이는 작은 돌탑들을 떠올리며 그걸 고유한 문화라고 우기고 싶어 했다.

앞으로는 돌탑만 쌓으라는 지시가 내려졌다. 상공에서 촬영해도 사진이 잘 나오도록 크게 쌓으라는 지시도 내려졌다. 반듯한 청소년답게 모양도 반듯하게 쌓으라는 지시까지 더해졌다. 토탈이 높은 곳에서 촬영했을 때 질서 정연하게 보이도록 바둑판처럼 가로줄과 세로줄을 맞춰서 쌓으라는 지시도 떨어졌다. 저런 지시들이 있고부터 그렇게 해야 했다.

"엄마……."

엄마를 떠올리자 위원장의 눈가가 촉촉해졌다. 남들에게는 몰라도 자기 자식만큼은 참 잘 챙기던 엄마였다. 엄마는 고아원 원장이었다. 엄마는 아들이 동화책을 읽고 있으면 빼앗아 집어던졌다. 더 자라서 교과서를 봐야 할 때는 절대 밑줄을 긋지 못하게 했다. 아들은 이해할 수 없었지만 엄마가 시키는 대로 했다. 엄마는 늘 경고했다. 낱말과 문장 안에 위험이 도사리고 있다고. 엄마는 이상한 책 때문에 집안이 망했다고 울먹이곤 했다.

"아들아, 엄마의 무너진 꿈을 네가 쌓아 다오. 책 읽기 빼고는 뭐든 해 보렴. 시작은 두렵지만, 일단 시작하면 두려움은 놀라움으로 바뀐 단다."

위원장은 용광로가 들어설 자리를 보며 감회에 젖었다. 먼 옛날, 그 러니까 자신이 갓난아기였을 때 위원장의 가족은 지금 용광로가 있 는 자리에서 엄청난 규모의 고아원을 운영했다. 전쟁 직후라 고아가 넘쳐 나던 때였다. 슬픈 일이 일어난 그날 밤, 위원장의 가족은 모든 걸 잃고 몸만 간신히 피했다. 많은 사람이 그 버려진 거대한 폐허를 용광로로 활용할 것을 제안했다. 쓸모없는 땅에서 쓸모없는 아이들을 쓸모 있는 아이들로 바꾸자는 아이디어였다. 그럼 지금은 쓸모없는 땅도 다시 쓸모를 되찾을 것이다. 이제 그곳에서 위원장은 놀라운 일 을 시작하려고 했다. 엄마의 꿈이 무너진 바로 그 자리에서 아들이 새 롭고 높은 꿈을 쌓는다!

◇

초창기에는 돌무덤 가까이에 탑을 쌓을 수 있어 그나마 수월했다. 그때 이 용광로에 갇혀 있던 아이들은 운이 좋았다. 튤립과 카라는 그러지 못했다. 무거운 돌을 들고 수십 미터를 걸어가야 탑을 쌓을 수 있는 공간이 나온다. 그러니까 탑을 하나 쌓으려면 무거운 돌을 들고 긴 거리를 낑낑대며 왕복해야 하는 것이다. 1년쯤 후에 들어오는 아이들은 탑 하나를 쌓기 위해 더 걸어가야 할 것이다. 튤립이 훗날 결혼해서 자식을 낳았는데, 그 녀석도 여기에 들어온다면? 상상만 해도 끔찍했다.

튤립과 카라가 이 용광로에 들어올 때만 해도 해바라기라는 녀석이 같이 탑을 쌓았다. 그런데 가장 일을 잘하던 그 녀석이 어느 날 도망쳐 버렸다. 여기서 탈출을 하다니! 보통내기가 아니란 건 알고 있었지만 정말 대단한 녀석이었다. 이제 튤립과 카라는 둘이서 탑을 쌓아야 했다. 해바라기가 어디서 어떻게 지내는지는 두 아이도 전혀 알지 못했다. 어쩌면…… 아니다. 나쁜 말을 해서는 안 된다. 불길한 생각도 해서는 안 된다. 그게 이곳의 규칙이니까. 해바라기는 화산 꼭대기에서 행복하게 잘 지내고 있을 것이다.

토탈이 불리한 점을 감안해 주는 건 아니다. 오전에 한 개, 오후에 한 개, 하루에 두 개의 탑을 쌓아야 한다는 점은 다른 아이들과 똑같다. 저만치서 탑을 쌓던 미나리가 토탈을 보며 손을 흔들다 두 팔로 크게 하트까지 만들었다. 토탈은 활짝 웃는 미나리를 촬영했다. 튤립과 카라는 고개를 절레절레 저었다.

오전에 하나의 탑을 쌓고 나서 점심을 먹을 수 있는 건 아니다. 그냥 각자 준비해 온 물을 마시며 30분간 휴식하는 게 전부다. 물이 없으면 침을 삼키고 쉰다. 위원회는 아이들에게 점심을 주지 않기로 했다. 자기들은 배고픈 시절을 보낸 덕에 훌륭한 사람이 됐다고. 아이들도 배고픔을 알아야 한다고. 굶는 것도 교육이라고. 물도 주지 않는다. 식수는 비 오는 날에 알아서 확보해 둬야 한다. 물 부족 국가에서 살아가는 태도를 확실히 익혀야 한다며.

"아, 배고파. 해바라기는 어디서 뭘 하고 있을까?"

쉬는 시간을 54.7초 남겨 두고 튤립이 물었다.

"나도 모르지. 안 돌아오는 거 보면 탑 쌓는 일보단 좋은 걸 하고 있지 않을까? 우린 이 일을 영원히 하게 될 거야. 우리에게 희망은 없어. 이젠 현실을 인정해야 해."

쉬는 시간을 48.1초 남겨 두고 카라가 툴툴거렸다.

"그 녀석, 돌 하나는 정말 잽싸게 옮겼는데. 키가 작아서 높게는 못 쌓았지만."

이제 26.01초 남았다.

"맞아, 그 녀석 같은 애가 얼른 우리 팀에 들어와야 할 텐데. 우리 둘이서는 도저히 감당할 수 없어."

11.007초.

"목말라."

튤립이 갈라지다 못해 찢어진 입술을 간신히 벌려 신음했다.

"침 삼켜."

카라가 어제 했던 말을 또 했다.

튤립은 화날 때 하던 예전 버릇처럼 침을 "찍" 뱉으려다가 도로 꿀 꺽 삼켰다. 수분을 낭비할 수는 없었다.

용광로에서 고통을 견디며 탑을 쌓아 봐야 얻는 건 하나도 없었다. 가끔씩 토탈에게 반성 점수를 받는 게 전부였다. 그것도 해바라기가 사라지고 카라랑 튤립이 단 둘이서 탑을 쌓고부터는 받은 적이 없었 다. 그런데 애초에 반성 점수를 대체 몇 점을 받아야 반성이 완료되어 새사람이 된다는 건지, 도대체 언제 여기서 풀려나는 건지는 그 누구 도 몰랐다. 위원회에서 알려 주지 않았으니까.

"우리, 여기서 나갈 수 있을까? 아, 도망치고 싶다."

튤립이 어제도 물었던 질문을 또 던졌다. 이 질문은 매일 반복된다. 튤립은 자기 질문에 자기가 대꾸했다. 도망치고 싶은 심정은 늘 느끼 지만 고압 전류가 흐른다는 철조망을 보면, 무엇보다 그 너머의 화산 과 바다를 보면 도저히 불가능해 보였다.

"우리 옆집 아저씨도 잠깐 감옥에 갔었어. 하지만 곧 집에 돌아왔 어. 우리도 집에 갈 수 있을 거야. 우린 적어도 나쁜 짓은 안 했잖아. 언제 갈 수 있을지는 모르겠지만"

튤립은 침이 마른 까슬까슬한 혓바닥을 간신히 놀리며 말했다.

"그건 그 아저씨 얘기고. 우린 여길 영원히 빠져나가지 못할 거야. 그런 느낌이 강하게 들어. 우린 끝났어. 밖에 있는 사람들도 우릴 잊 었을 거야. 근데 우린 나쁜 짓을 안 했는데 왜 여기 있는 거지? 요즘 들어 부쩍 든 생각인데 말이야, 여긴 지구가 아닌 것 같아. 외계인이 우리를 이상한 행성으로 납치한 것 같아. 인간이 인간에게 이럴 리는 없으니까."

카라가 어깨를 축 늘어뜨린 채 투덜거렸다.

"그 답은 나도 몰라. 집에 돌아간다면 알 수 있겠지. 아무튼 힘을 내야 해. 자, 다시 시작하자. 탑을 무진장 높이 쌓다 보면 지구까지 도달할 수 있겠지."

튤립이 힘겹게 일어서더니 카라에게 손을 뻗었다. 카라는 튤립의 손을 잡고 "끙" 소리를 내며 일어났다. 혼자서 뭐라고 구시렁거리면서.

그런데 카라가 높은 화산 쪽을 바라보며 어제처럼 이상한 소리를 해 댔다.

"튤립아, 이상하게 들리겠지만 말이야. 오늘도 저기 아파트가 보여. 뛰어가면 20분이면 갈 수 있을 것 같아."

튤립은 카라가 걱정됐다. 그런 게 보일리 없잖아. 어제도 카라의 헛소리에 속아서 튤립도 그쪽을 쳐다봤지만 화산밖에 보이지 않았다. 너무 힘들어서 카라가 헛것을 보는 거라고 생각했다. 무엇보다, 아파트가 보인다는 소리를 카라가 하니까 더 믿음이 안 갔다. 이곳이 외계 행성이라고 의심하는 아이가 아닌가.

"카라야, 힘들수록 정신을 차려야 해. 어떻게든 버텨야 집으로 가지. 연어도 집으로 돌아가는데 우리가 물고기한테 져선 안 되지."

튤립이 카라의 어깨를 부드럽게 치며 다독였다. 카라도 자신이 자꾸 헛것을 보는 게 불안했던지 울음을 터뜨릴 뻔했다.

　안녕, 용광로

그래도 일은 해야 했다. 둘은 한참 떨어진 돌무덤 쪽으로 걸어가고 있었다. 그때 저만치서 눈을 가린 인간이 두 손을 허우적대며 걸어오고 있었다. 처음 보는 녀석이다. 이제 눈가리개를 벗어도 되는데도 눈을 가린 채 위태롭게 걸었다. 왜 오는지는 뻔했다. 토탈이 10미터 상공에서 "앞으로 열 걸음, 오른쪽으로 다섯 걸음" 하는 식으로 지시하며 길 안내를 했다. 뜨거운 날이었고, 탑의 꼭대기에는 아지랑이가 피어올랐다.

"저기 봐! 신입이 오고 있어. 또 한 명의 지구인이 납치됐나 봐."

카라가 점점 가까워지는 지구인을 보며 환호했다.

"그래, 재한텐 안된 일이지만 우리로선 다행이야. 드디어 우리도 인원수를 다 채우게 됐어. 내일부터는 좀 수월해지겠다."

튤립이 고개를 끄덕이며 환하게 웃었다.

◇

용광로라고 불리는 이곳의 정식 명칭은 아주 길었다. '청소년 범죄 예방과 심성 순화 및 언어 · 행동 교정을 위한 위원회의 설치에 관한 법률에 의한…… 어쩌고저쩌고'였는데, 너무 길어서 사람들이 잘 잊어버렸다. 잘 잊어버리면 관심에서 멀어질 수 있다. 새 이름은 이곳을 총괄하는 위원회의 숯불구이 집 회식 자리에서 정해졌다. 이글거리는 숯을 바라보며 위원장이 영감을 받았나 보다.

“숯은 자신을 태워 고기를 익혀 주지. 그런 점에서 ‘용광로’ 어떻소? 낡고 불량한 ‘나’를 녹인다는 의미요. 불순물을 제거하여 쓸모 있는 강철로 만들어 주는 용광로 말이오.”

다들 “껄껄” 웃으며 감탄했다. 기분이 좋아진 위원장은 삼행시까지 지었다. 자기가 국문학과 출신이라 삼행시를 잘 짓는다며.

“용. 용서해 줄게.”

“광. 광란을 멈춰라.”

“로. 로…….”

‘로’에서 막힌 위원장은 당황했다. 괜히 삼행시를 시작한 게 후회됐다. 3초, 6초, 9초……. 시간이 흐를수록 슬슬 부아가 치밀었다. 로켓? 아냐! 로즈? 이것도 아냐! 로미오와 줄리엣? 이건 절대 아니라고! 늘 그렇듯 위원들의 눈이 일제히 위원장에게 쏠려 있었다. 10초, 15초, 20초……. 괜히 삼행시를 시작한 게 후회됐다. 뜨거운 숯 때문인지 얼굴이 시뻘겋게 달아올랐다. 마침내 위원장은 무릎을 치며 외쳤다.

“로. 로봇이 지켜본다!”

그렇게 하늘을 나는 로봇이 용광로에 투입됐다. AI 드론 토탈.

◇

아이들의 숙소는 동굴이다. 동굴은 돌무덤 한가운데 위치해 있다. 용광로가 처음 만들어졌을 때, 아이들은 그냥 들판에다가 막사를 치

  안녕, 용광로

고 개인용 침낭 안에 들어가 잤다. 나무 기둥 네 개를 세우고 윗부분만 방수포를 친 게 고작이라 추위와 비바람을 제대로 막아 줄 수 없었다. 바람이 많이 불 때는 방수포가 자꾸만 펄럭거려 잠을 이룰 수 없었다. 위원회는 용광로에 돈을 쓰기 싫어했다. 초창기만 해도 용광로가 아이들에게 잠깐 겁만 주고 사라질 줄 알았던 것이다. 하지만 용광로는 사라지지 않았다. 비바람 부는 날이 이어지다 겨울이 찾아왔다. 아이들은 계속 그렇게 잘 수 없었다.

부지런하고 솜씨 좋은 아이가 바위 사이의 빈 공간을 활용하자고 제안했다. 돌을 조금 파내면 공간이 넓어질 거라며. 공간을 넓히고 바위를 옮겨 천장을 지탱하자 동굴 형태가 완성됐다. 천장에서 빗물이 떨어지고 돌 틈으로 찬바람도 들어오지만, 그래도 들판보다는 나았다. 초원에서 떨며 지내다가 동굴로 들어간 초기 인류 같았다. 방수포와 기둥도 동굴 안으로 옮기자 형편이 조금은 나아진 것 같았다. 빗물이 "쪼르르" 흘러 방수포에 고이면 아이들은 그걸 아껴 마셨다.

아이들이 동굴을 완성하자 기다렸다는 듯 출입구에 두꺼운 문이 설치됐다. 이 문은 저녁이 되면 밖에서 잠긴다.

용광로 한가운데에는 높은 탑이 있다. 카라는 그 탑을 판옵테스(Panoptes)라고 불렀다. 눈이 100개나 달린, 그리스 신화 속 거인 판옵테스. 판옵테스는 잠을 잘 때도 눈을 번갈아 가며 감아서 24시간 360도 방향으로 감시가 가능하다. 그런 점에서 탑의 이름으로 제격이었다.

판옵테스 상층부는 원형인데, 그 둘레에 CCTV가 숱하게 달려 있어 24시간 360도 감시가 가능하다. 판옵테스의 형태 때문에 탑의 CCTV는 모든 걸 훤히 내다볼 수 있지만, 아래에서는 CCTV가 비추는 방향을 올려다 볼 수 없다. 토탈은 비행하지 않을 땐 탑의 꼭대기에 착륙해서 먼 곳과 가까운 곳을 쉴 새 없이 살핀다. 아이들은 그게 무서웠다. 잠도 안 자는 토탈이 누굴 바라보고 있는지 알 수 없어 항상 긴장해야만 했다. 토탈은 비행을 할 때 특정 아이를 더 유심히 감시하는데, 차라리 그 순간이 마음 편했다.

도무지 정체를 알 수 없는 오두막도 멀찌감치 떨어져 있었다. 카라 말로는 그곳에 들어가면 지하로 내려가는 통로가 있다는 것이다. 지하에는 이 행성을 지배하는 공포의 사령관과 외계 군단이 있다는 게 카라의 주장이다. 물론 카라도 그 오두막 근처로는 무서워서 가 본 적이 없다.

이 용광로 둘레에는 여러 개의 기둥이 세워져 있고, 그 기둥들은 허술해 보이는 철조망으로 둘러져 있다. 그러니 누구든 마음만 먹으면 저런 철조망 따위는 가뿐히 피해서 밖으로 나갈 수 있다. 고압 전류에 감전되는 게 아무렇지 않다면. 게다가 기둥과 철조망 너머 송곳처럼 삐죽 솟은 화산을 보면 탈출할 마음은 곧바로 사라져 버린다. 만일 운 좋게 감전되지 않고 철조망을 피한다 하더라도 어차피 갈 곳이라곤 없었다.

저녁 식사를 하러 동굴에 들어가기 전에 인원 점검을 한다. 이상이

　　　안녕, 용광로

없으면 동굴로 입장하고 문은 자동으로 잠긴다. 아침에 문이 다시 열리면 즉시 밖으로 나와 인원 점검을 해야 한다. 토탈이 판옵테스 꼭대기에 왕처럼 앉아 있다가 순식간에 날아와서 체크한다. 물론 판옵테스 꼭대기에 그대로 붙어 있어도 다 체크가 될 것이다. 아무튼 거짓말이나 눈속임은 통하지 않는다. 화장실 갔다는 핑계도 댈 수 없다. 토탈에게 예외는 없다. 사람 대신 기계가 아이들을 통제하니 봐주는 법이란 없었다.

용광로에 나타난 동바

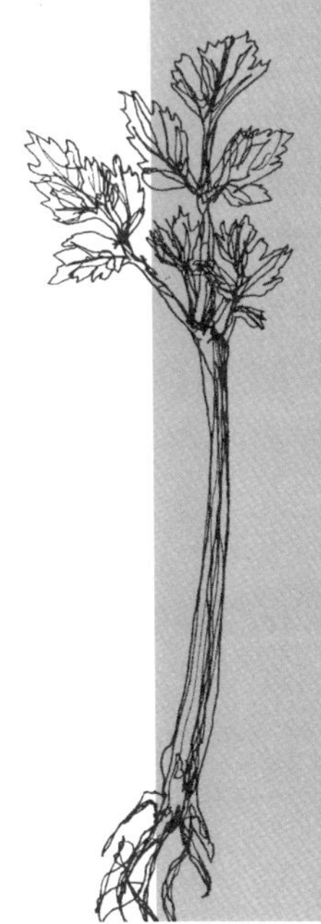

아이들이 머무르는 동굴 출입문 위에는 커다란 현판이 걸려 있었다.

시작은 두렵지만, 일단 시작하면 두려움은 놀라움으로 바뀐다.

현판에는 저렇게 적혀 있었다. 그리고 그 아래에는 위원장의 삼행시도 있었다.

용. 용서해 줄게

광. 광란을 멈춰라

로. 로봇이 지켜본다

물론 저런 현판에 관심을 갖는 아이는 아무도 없었다. 교실에 걸린 급훈 액자에 그 누구도 관심이 없듯 저것도 마찬가지다. 그래도 로봇이 지켜본다는 삼행시를 볼 때마다 몸이 부르르 떨렸다.

일을 마치고 동굴로 돌아온 아이들은 다들 렌즈부터 벗겨 내서 세척했다. 이제야 좀 살 것 같았다. 하루 종일 이것 때문에 정말이지 눈알이 뻑뻑하고 갑갑했다. 하지만 절대 벗으면 안 된다. 여기 환경 특성상 안구를 보호하기 위해 제공된 특수 렌즈니까. 그걸 벗으면 즉시 눈이 다쳐서 실명할 수도 있으니까. 무엇보다, 수시로 날아다니는 토탈이 안구를 살펴서 렌즈 착용 여부를 검사하니까.

"총원 차렷! 오늘도 기쁜 하루였습니다!"

아이들이 동굴 입구에서 주르르 대열을 맞추자 흑장미가 고함지르듯 구령했다. 흑장미는 덩치가 가장 커서 제 맘대로 대장을 자처하는 녀석이다. 이곳에 있는 아이들은 '아직은' 나쁜 짓을 하지 않았다. 하지만 곧 할 수도 있다는 이유로 이곳에 왔다. 흑장미는 옛적에 실제로 나쁜 짓을 저질렀다는 소문이 파다했다. 어느 학교 일진이었다는 소문, 어른을 상대로 강도짓을 저질렀다는 소문, 몽둥이로 경찰을 때렸다는 소문까지……. 사실인지 아닌지는 아무도 몰랐지만 어쨌든 위험한 녀석이었다.

흑장미의 구령에 아이들은 정신이 번쩍 들었는지 허리를 꼿꼿하게 세웠다.

"총원 8명. 인원 이상 없습니다! 감사합니다!"

흑장미가 인원 보고를 했다. 용광로는 아이들의 감정을 치료하는 일종의 병원이므로 문장의 끝은 항상 긍정적인 말로 맺어야 했다. 공중에서 토탈의 목소리가 들려왔다.

"왜 8명입니까?"

"용팀 3명, 광팀 3명, 로팀 2명. 용, 광, 로, 총 8명입니다. 행복합니다!"

그러자 토탈이 거의 지상까지 내려오더니 흑장미의 얼굴 바로 앞에서 뚝 멈췄다. 토탈의 커다란 렌즈가 쏘아보듯 흑장미를 노려봤다. 언제 봐도 무시무시했다.

"오늘 새로 온 신입은 왜 총원에서 뺐습니까? 당신은 쓸모가 있는지 스스로를 점검하십시오."

분위기가 순식간에 얼어붙었다. 아이들은 겁에 질려 오들오들 떨었다.

"당신은 더 나은 인간이 돼야 합니다. 쓸모없는 흑장미, 벌점 1점 부과! 노 페인, 노 게인(No pain No gain)."

"축복해 주셔서 감사합니다!"

토탈이 날아가자 흑장미 다리가 후들거리더니 털썩 주저앉았다. 반성 점수를 받기는커녕 벌점을 받다니! 오늘 벌점 1점을 또 받았으니 이제 총 3점이 쌓였다. 토탈은 벌점이 몇 점까지 쌓이면 어떤 조치가 내려지는지 설명한 적이 없다. 그 점이 아이들을 더 두렵게 했다. 5점이 되면 채찍질을 할까? 7점이 되면 공중으로 휙 들어 올렸다가 떨어뜨릴까? 10점이 되면 화산 꼭대기로 데려갈까?

흑장미는 고개를 휙 돌려 새로 온 신입을 노려봤다. 자기가 야단맞은 게 신입 때문이라는 듯. 카라와 튤립은 흑장미와 눈이 마주칠까 두려워 고개를 푹 숙였다.

"야, 신입!"

흑장미가 신입을 향해 소리를 "빽" 질렀다.

"어? 예? 예?"

"너 여기서 앞으로 어떻게 행동할 거야?"

그 말에 신입은 어리둥절하더니 조심스레 앞으로 걸어 나갔다. 그러더니 흑장미를 빤히 쳐다보는 것이었다. 표정은 곧 울음을 터뜨릴 것만 같았다.

"너 지금 뭐 하는 거야?"

"앞으로 행동을 물었잖아."

"그래서 앞으로 나온 거라고?"

"……어."

그러자 아이들이 "하하하하" 웃음을 터뜨렸다. 비범한 녀석의 출현이었다. 카라와 튤립은 앞으로 저 녀석과 함께 탑을 쌓을 생각을 하자 한숨이 푹 나왔다.

"내가 규칙을 알려 주지."

흑장미는 헛기침을 한 번 하더니 규칙을 읽기 시작했다.

제1. 싸우지 않는다.

제2. 욕하지 않는다.

제3. 열심히 일한다.

제4. 불평하지 않는다.

제5. 저녁 7시 이후로는 어떤 말도 하지 않는다.

제6. 항상 긍정적인 생각만 하고, 긍정적인 말만 한다.

특별한 절대 규칙! 다른 구역 아이들과 어떠한 형태로든 소통을 해서는 절대 안 된다.

"집에 가고 싶으면 잘 들어. 우리가 집에 갈 수 있느냐 없느냐 하는 건 위원회 마음이야. 그러니까 규칙을 어기지 마."

정말 그랬다. 아이들은 죄를 짓지 않았으니 죄수가 아니었다. 죄수처럼 징역 3년, 하는 식으로 형기가 정해진 게 아니다. 아이들은 진심으로 반성만 하면 오늘이라도 집에 갈 수 있다. 자신의 잘못을 뉘우치는 즉시 귀가 조치된다. 이 말은 슬프게도, 반성하지 않는 아이는 집에 갈 수 없다는 말도 된다. 어떤 아이가 반성하는지는 위원회가 판단할 일이었다.

규칙이 몇 개 안 된다고 해서 용광로에서의 생활이 간단한 건 아니었다. 위원회는 일부러 여섯 개의 규칙과 특별한 절대 규칙만 일러 주었다. 그것들은 절대 해서는 안 되니까 특별히 알려 주는 거라며. 다른 숨은 규칙들이 있으니 조심하라고 경고도 했다. 그 규칙들이 뭔지는 알려 주지 않았다. 그래서 아이들은 뭘 하든 조심해야 했다. 혹시 하품을 하면 숨은 규칙에 위배되는 걸까? 혹시 지나치게 웃거나 지나치게 목소리가 커도 규칙에 위배되는 걸까? 혹시, 혹시, 혹시……. 수많은 '혹시'가 아이들을 짓눌렀다.

"야, 신입!"

용팀의 들꽃이 신입을 불렀다. 들꽃은 흑장미와 어울리는 녀석인데, 흑장미 못지않게 위험해 보였다. 들꽃이라는 별명은 스스로 정했다. 뭔가 길거리 생활을 하는 사람처럼 거칠어 보이는 게 자신과 어울린다는 것이었다.

"어? 왜?"

신입이 흑장미를 보며 대답했다.

"이 바보야, 저쪽이잖아."

답답했던지 튤립이 손가락으로 들꽃 쪽을 가리켰다.

"넌 어디서 굴러온……."

들꽃이 말하다 말고 갑자기 입을 꾹 닫았다. 오후 7시였다. 이 시간 이후로는 그 누구도, 어떤 상황에서도 말을 할 수 없다. 동굴 내부의 움직임은 물론 소리까지 감시당하므로 누구라도 입을 떼면 토탈이 즉시 알아차린다. 대침묵 규칙을 어기면 일주일 동안 하루에 탑을 세 개 쌓아야 한다.

"내가 어디서 왔느냐고?"

신입의 목소리였다. 그러자 고자질쟁이 미나리가 두 팔로 커다란 하트를 그리며 CCTV를 향해 웃었다. 그 동작의 의미를 이미 학습한 토탈이 즉시 날아왔다. 동굴 출입문이 저절로 열리며 토탈이 쏜살같이 날아오는 장면은 언제나 소름이 돋는다.

"고장 난 휴먼, 무슨 일입니까?"

고자질쟁이 미나리는 7시 이후의 대침묵 규칙을 지키기 위해 말을 하지 않았다. 대신 손가락으로 신입을 가리켰다.

큰일이다! 튤립은 울음을 터뜨릴 것 같았다. 신입이 자기랑 같은 조에 배정됐기 때문에 신입이 뭘 잘못하면 같이 벌을 받게 된다. 튤립은 말을 할 수는 없지만 어떻게든 자신의 의사를 토탈에게 전달하려고 했다.

'토……탈……님……쟤……가……신……입……이……라…… 그……래……요……한……번……만……봐……주……세……요……. 네?'

튤립은 이곳에서 팬터마임 실력이 많이 늘었다. 저녁 7시 이후로 자신의 의사를 전달하기 위한 방법은 팬터마임밖에 없었다. 이제는 실력이 늘다 못해 멋진 춤을 추는 것 같았다. 아이들은 튤립의 그 절박한 춤을 보며 속으로 감탄했다.

토탈이 튤립의 팬터마임을 이해했는지 아닌지 모르겠지만 딱 잘라 지시했다.

"로팀, 내일부터 일주일간 하루에 탑을 세 개씩 쌓습니다. 노 페인, 노 게인."

튤립과 카라는 속이 터질 것 같았지만, 토탈에게 용서를 구할 수도 없었다. 저녁 7시 이후에는 절대 말을 할 수 없기 때문이다.

'……영광입니다.'

대침묵 규칙 때문에 이렇게 말은 할 수 없었지만, 허리를 숙이고 고개를 꾸벅하며 토탈에게 감사함을 표해야 했다. 튤립과 카라는 금방이라도 울음이 터질 것 같았다.

◇

처음엔 5번, 7번처럼 번호로 불렸다. 아이들은 자기가 죄수처럼 숫자로 불리는 게 싫었다. 그래서 서로 별명을 붙였다. 토탈은 아이들이 서로 뭐라고 부르든 관심 두지 않았다. 호칭 관련 규칙은 없기 때문이다. 토탈은 별명이라는 것이 품은 유머와 우정 같은 걸 이해하지 못한다.

별명 때문에 종종 다툼이 벌어졌다. '똥파리'라고 불리던 아이가 '파리똥'과 시비가 붙은 것이다. 그 뒤로는 이상한 별명으로 부르지 않기로 했다.

용광로에서는 하루 일정량 이상의 긍정적인 언어를 사용해야 한다. 만약 아이들이 서로를 긍정적인 별명으로 부른다면 그 할당량을 채우기 쉬워진다. 그래서 누군가의 제안으로 귀요미, 아르미, 예쁘니 같은 걸로 부르던 때가 있었다. 할당량도 중요하지만 도저히 할 짓이 아니었다. 할당량 채우려다 주먹이 오가게 생겼다.

견디기 힘든 아이들은 서로를 꽃 이름으로 부르기로 했다. 이것도 할 짓은 아니었지만 귀요미, 아르미보다는 그래도 참을 만했다. 할당량 채우기도 편했다. 아무래도 똥파리보다는 라벤더, 달리아가 긍정적인 느낌을 주는 건 맞으니까. 이름만 불러도 꽃향기가 퍼지는 것 같았다. 무엇보다, 아이들의 부정적인 감정을 제거해 앞으로 자칫 저지를지 모를 범죄를 예방할 수 있다는 점에서 이 용광로의 취지에 부합했다.

아이들이 서로를 꽃 이름으로 부르자 혼란스러워진 토탈은 위원회에 즉시 보고했다. 위원장이 무릎을 "탁" 치자 위원들도 덩달아 무릎을 "탁" 쳤다.

"아이들이 자발적으로 그런 기특한 행동을 하다니, 욕이나 하던 애들 입에서 꽃향기가 퍼지다니! 용광로가 효과가 있어. 역시 내 생각이 옳았어! 더 강하게 밀어붙이자고."

자기 이름에 자부심을 느끼는 녀석도 있었다. 카라(Calla Lily)였다. 장례식장에서 주로 쓰이는 꽃이라서 자신의 개성을 잘 표현해 준다나. 카라는 늘 어둡고 냉소적이고 염세적이다. 죽음과 절망을 좋아한다. 그게 멋있다는 것이다.

"동굴에서 나가기 전엔 반드시 이걸 착용해야 해. 오직 동굴 안에서만 렌즈를 벗을 수 있어. 그나저나 넌 어디서 왔어?"

다음 날, 침묵의 시간이 끝나자 아이들이 신입에게 렌즈를 씌워 주었다. 일종의 신입 신고식이었다.

"신입, 너 어디서 왔어?"

“편의점에서 왔어.”

“편의점? 거기가 네 집이야? 부모님이 편의점 하셔?”

“집은 아니고, 거기 자주 가. 우리 집이 편의점이면 참 좋겠다. 거긴 먹을 게 많잖아. 엄마는 이삿짐센터 다니셨어. 비싼 접시를 깨뜨린 뒤로는 사는 게 지긋지긋하다는 말씀만 하셔. 다친 뒤로는 이제 일도 못 하셔. 아빠는 커다란 배를 타고 나간 뒤로 안 돌아오시고. 어떤 아이들에게 붙잡혀 있대.”

“아빠가 잡혀 있어? 어른용 용광로도 생겼나 보구나. 거긴 토탈 대신 애들을 쓰나 봐. 그나저나 집은 어딘데?”

그러자 신입이 눈알을 요리조리 굴리며 한참 생각에 빠졌다. 간신히 생각을 끝낸 신입이 말했다.

“편의점 근처야.”

아이들은 답답해서 주먹으로 가슴을 “탕탕” 쳤다.

“바보야, 너희 집이 있는 도시가 어디냐고 묻잖아!”

“부산.”

“부산? 원래 네 자리에 있던 해바라기 녀석도 부산에서 왔는데. 그 녀석이 도망쳐서 자리가 비었거든. 네가 이제부터 해바라기로 불리면 되겠다.”

미나리가 말했지만 늘 그렇듯 아무도 미나리의 말은 귀담아듣지 않았다. 미나리는 원래 개나리였지만 흑장미가 미나리라고 부른 뒤로는 다들 그냥 미나리라고 부른다. 유일하게 꽃 대신 채소 이름으로 불리는 미나리는 그게 자신에 대한 특별 대접이라며 떠들어 대곤 했다.

신입을 어떻게 불러야 하는지는 아무도 고민하지 않았다. 누가 뭐라고 정하지도 않았는데 어느 순간부터 모두들 신입을 '동바'라고 부르고 있었다. '동네 바보'의 줄임말이다. 동바도 그 별명에 수긍하는지 저항하지 않았다. 누가 '동바'라고 부르는 말에 다들 "와하하" 웃었다. 판옵테스 꼭대기에서 동굴 내부를 들여다보던 토탈이 그 긍정적인 분위기가 만족스럽다는 듯 고개를 끄덕여 주었다. 아이들은 하루에 할당량만큼 웃어야 한다.

"후, 이제 살 것 같다."

동굴 문이 열리자 아이들은 참았던 숨을 내쉬듯 해방감을 느꼈다.

"동바야."

"어? 나?"

튤립이 동바를 부르자 동바는 몇 번 두리번거리더니 손가락으로 자신을 가리키며 물었다.

"여기 동바가 너 말고 또 있어? 얼른 장갑 끼고 우리 따라와."

그렇게 튤립, 카라, 동바는 돌무덤으로 갔다. 돌무덤으로 향하면서 튤립은 동바에게 주의 사항을 일러 주었다.

"오전에 한 개, 오후에 한 개야. 근데 너 때문에 벌을 받아서 일주일 동안은 하루에 세 개를 쌓아야 해."

"뭐가?"

"돌탑 쌓는 거 말이야."

"누가 쌓는데?"

"우리가 쌓지."

동바는 고개를 갸우뚱했다.

"그럼 쟤들은 뭐 하는데?"

튤립은 슬슬 인내심이 바닥나는 것 같았지만, 꾹 참으며 대답했다.

"쟤들도 탑을 쌓지."

"뭘로 쌓는데?"

어휴, 말을 말자.

"이 바보야! 돌탑을 돌로 쌓지, 나무로 쌓겠냐!"

"왜 쌓는데?"

동바의 질문에 튤립의 말문이 턱 막혔다. 여태껏 그 부분은 진지하게 생각해 본 적이 없었기 때문이다. 도대체 왜 탑을 쌓아야 하는가. 이 의미 없는 노동을 왜 매일매일 지겹도록 힘겹게 해야 하는가.

튤립은 대답 대신 주의 사항을 단단히 일러 주었다.

"돌무덤에는 돌이 아주 많아. 우리는 벌판의 빈 공간으로 그걸 옮겨서 탑을 쌓는 거야."

"언제까지 쌓는데?"

"아마 돌무덤에서 돌이 다 떨어질 때까지겠지. 아무튼 여긴 돌이 무지무지하게 많아. 된장!"

"그게 언제 다 떨어지는데? 나 얼른 집에 가야 하는데."

"나도 모르지. 이 속도면 앞으로 65년은 더 걸릴 거야. 돌무덤의 돌을 다 치우면 화산이 만들어 내는 돌도 치워야 할걸."

"왜 그래야 하는데?"

동바가 다시 한번 핵심적인 질문을 던졌다. 그러자 튤립이 토탈을 의식했던지 입가에는 미소를 지으면서도 한숨을 푹 내쉬었다.

"우리 영혼은 치료를 받아야 한대. 너 편의점에서 인상 찌푸리고 있었지? 아름답습니다."

"응, 어떻게 알아? 깜빡하고 컵라면에 스프 안 넣고 뜨거운 물을 부어서 면만 먹어야 했거든. 스프는 한참 뒤에 주머니 속에서 찾았어."

"그래서 넌 이리로 오게 된 거야. 치료받으러. 우리는 영혼을 치료받는 환자들이니까. 부정적인 감정이 부정적인 말을 낳고, 부정적인 말이 갈등과 범죄로 이어진다는 거지. 우린 죄수가 아니라 일종의 환자야. 돌탑을 왜 쌓느냐고? 아무도 시킨 적 없어. 그냥 하는 거야. 가만히 있자니 나쁜 생각이 떠올라서. 그럼 집에 못 가잖아. 그래서 예전에 어떤 아이가 시작한 일이고, 다들 그걸 따라 하는 거야. 좋은 전통은 이어가야지."

"……그렇구나. 근데 난 아프지 않아. 그리고 네 말은 너무 길고 어려워."

동바의 말에 다들 입가에 미소를 지으며 한숨을 푹 내쉬었다.

"동바야, 너 한 번만 더 답답하게 굴면 네 바지에 오줌 싸 버릴 거야. 그리고 자꾸 이것저것 묻지 마. 궁금해 하지도 마. 우리라고 궁금한 게 없겠어? 반성이 완료될 때까지 그냥 입 다물고 있는 거야. 용광로에 우리 같은 애들이 몇 명 있는지도 궁금하지? 아무도 몰라. 아마 위원회도 모를 것 같아. 나는 우리가 있는 바로 이 SJ-K425 용광로에 총 몇 명이 있는지조차 몰라. 다만 우리 구역의 용, 광, 로 세 팀 정원이 9명인 것만 알아.”

카라가 답답한 가슴을 주먹으로 “땅땅” 치며 단단히 경고를 주었다. 정말 그랬다. 같은 용광로라고 해도 아이들은 그 정원을 알 수 없었다. 위원회에서는 악습 전파를 차단하고, 대규모 소요 사태를 예방하기 위해 한 용광로 안에서도 아이들을 9명 단위로 쪼개 놓고 각 구역을 격리한다. 아무래도 인원수가 많아지면 우두머리 역할을 하는 아이가 생기고, 그 아이를 중심으로 뭉치게 된다. 그럼 통제하기가 힘들어진다.

9명 단위의 아이들은 각자 구역의 처지에 따라 독특한 생태계를 구성하며 반성하고 있다. 여기는 동굴에서 살아가지만 어떤 아이들은 에덴동산 같은 데서 새소리를 들으며 황금으로 탑을 쌓을지도 모른다.

용광로에는 돌이 아주 흔하니까 각 구역은 돌로 쌓은 울타리로 경계를 나눈다. 16세기 영국의 인클로저 운동처럼 말이다. 그것도 물론 초창기 때 아이들이 쌓아야 했을 것이다. 옛날 영국 사람들은 목초지에 돌로 울타리를 쌓아 양이 도망치지 못하게 했다. 용광로의 각 구역은 그렇게 나뉘어져 있다. 양떼를 가두듯.

혹시라도 SJ-K425 용광로의 다른 구역 아이들을 우연히, 먼발치에서라도 발견하게 되면 즉시 눈을 감고, 양손으로 귀를 막은 채 그 자리에 엎드려 '구조'를 기다려야 한다. 그럼 토탈이 날아와서 그 상황을 해결한다. 만에 하나, 다른 구역의 아이들과 연락이라도 하다가 발각되면 영원히 이곳을 나가지 못한다. 물론 그런 걸 시도하는 아이는 아무도 없다. 그런 짓을 해 봤자 얻는 것도 없고, 어차피 판옵테스와 토탈이 다 보고 있으니까. 토탈은 모르는 게 없다.

토탈이 신호하자 작업이 시작됐다. 용팀, 광팀, 로팀 아이들은 모두 손에 돌을 들기 시작했다. 그러고는 각자 탑을 쌓을 곳까지 옮겼다. 로팀은 오늘부터 일주일 동안 하루에 세 개씩 탑을 쌓아야 했다. 그래서 다른 조들은 한 번에 돌을 하나씩만 옮기면 되었지만, 로팀은 두 개씩 옮겨야만 했다.

오전 11시. 이제 겨우 탑이 하나 완성됐다.

"이 속도로는 오늘 중으로 세 개를 다 못 쌓을 거야. 이제 돌을 세 개씩 들고 오자."

튤립이 제안했다.

"세 개라니. 너무 무거워."

동바가 고개를 절레절레 저으며 항의했다.

"누구 때문에 이 고생인데! 시키면 시키는 대로 해! 너 오기 전에 있던 해바라기라는 애는 돌만큼은 잽싸게 날랐어. 밖에 있을 때 배달 일을 했다던데, 역시 뭘 배송하는 건 최고였다니까."

카라가 동바를 향해 소리를 "꽥" 질렀다.

그렇게 셋은 쉬는 시간도 없이 돌을 한꺼번에 세 개씩 옮기기 시작했다. 다리가 후들거리고 팔이 빠질 것 같았다. 이렇게 며칠 일하면 피라미드라도 쌓을 것 같았다. 그렇게 보면 피라미드 건설도 미스터리가 아니었다. 그냥 이렇게만 하면 되는 것이다.

일주일 전에 지급받은 장갑은 벌써 찢어지고 구멍이 났다. 구멍 사이로 삐죽 튀어나온 집게손가락이 벌레처럼 꿈틀거렸다. 다섯 손가락 모두 50퍼센트 이상 노출돼야 새 장갑 한 켤레를 받을 수 있다. 그렇게 물자의 소중함을 배우는 거라며.

◇

토탈은 정해진 시간마다 공중에서 똑같은 공지사항을 알렸다. 긍정적인 마음과 밝은 언어가 정신을 치유한다고. 그 말을 들을 때마다 카라는 두 귀를 막고 싶었다. 흑장미는 토탈에게 돌을 던져 버리고 싶었다. 들꽃도 씩씩거렸다. 물론 그럴 수는 없었다. 그랬다가는 영영 집에 가지 못한다. 오직 미나리만이 토탈을 향해 양팔로 커다란 하트를 그렸다. 카라와 튤립은 고개를 절레절레 저었다. 이제는 동바도 같이 고개를 젓는다.

정신없이 일하다 보니 시간은 어느덧 3시가 넘은 것 같았다. 탑 그림자의 각도를 보니 그랬다. 정확한 건 아니다.

저만치에서 광팀 아이들 머리 위에 토탈이 수류탄 두 개를 투하했다. 광팀 녀석들이 재빨리 바닥에 엎어져 두 손으로 머리를 감쌌다.

돌탑 옆에 떨어진 수류탄은 "픽" 소리를 내며 터졌다. 연기가 걷히자 녀석들은 옷을 털고 일어나 다시 탑을 쌓았다.

카라는 불안해서 바들바들 떨었다. 손바닥에 땀이 홍건해져서 돌덩이를 들어올리기 전에 바지에 쓱싹 문질러야 했다. 토탈이 실수하는 날이 온다면? 떨어뜨린 수류탄이 연습용 M69가 아니라면? 토탈은 늘 군대에서 연습용으로 쓰는 M69 수류탄을 투척한다. 행동이 굼뜬 아이들에게 그렇게 경고하는 것이다. 하지만 실수로 고폭약이 들어 있는 실전용 수류탄을 투하한다면? 혹은 누군가 나쁜 의도를 가지고 토탈에게 실전용 수류탄을 장착해 둔다면?

카라의 불안과 절망을 닮은 짙은 구름이 오늘도 저 멀리 떠다닌다. 용광로 위에는 햇볕만 내리쬔다. 심술궂은 태양이 무자비하게 열기를 쏟아 내고 있었다. 카라는 이제 저 태양도 지구에서 바라보던 그 태양이 아닌 것처럼 보였다. 그러고 보니 인간이 아는 태양보다 조금 더 큰 것 같기도 했다. 카라는 이제 거의 확신했다. 이 드넓은 공간은 사실 외계인이 만든 실내 스튜디오 같은 데가 아닌가, 하는 확신이었다. 하늘에 뜬 저것은 인공 태양이고, 자기들은 실험용으로 쓰이기 위해 외계 행성으로 끌려온 셈이고. 어쩌면 나쁜 짓을 할지도 모를 아이들을 제거하기 위해 지구인들이 자신들을 외계인에게 넘긴 것인지도 모르겠다고 생각했다. 토탈은 아무리 봐도 지구인이 만든 것 같은데, 저것도 아이들이랑 패키지로 묶어 같이 넘겼나 보다. 그래서 화가 나서 성격이 저 모양인가 보다.

동바가 고개를 갸우뚱하며 중얼거렸다.

"저 할머니랑 남자는 누구지?"

동바는 분명 어떤 할머니와 젊은 남자를 봤다. 등이 굽은 할머니인데 돌무덤 근처를 기웃거리며 땅만 보며 걷고 있었다. 남자는 카메라를 들고 이쪽을 촬영하고 있었다. 허구한 날 토탈만 보다가 실제 인간을 보니 너무 반가웠다. 하지만 튤립과 카라는 못 들은 척했다. 그쪽으로는 눈길도 두지 않았다.

"얘들아, 너희 눈에는 저 할머니랑 남자가 안 보여? 저렇게 나이 드신 분이 어떻게 이런 데 있을 수가 있지? 저 할머니랑 남자도 여기 잡혀 온 건가?"

튤립과 카라는 계속 못 들은 체했다.

"내가 지금 너무 힘들고 목이 말라서 헛것을 봤나 봐. 미안해."

동바는 혼자 말하고 혼자 사과했다.

카라가 입이 근질거렸던지 한마디 툭 던졌다.

"동바야, 축하해. 저들을 봤다면 너도 이제 이 용광로의 일원이 된 거야. 환영합니다."

튤립도 어쩔 수 없다는 듯 거들었는데, 마침 토탈이 그 위를 날아가자 튤립은 축하한다며 "하하하" 웃어 주었다. 할당량을 채워야 하니까.

"카라 말이 맞아. 저 할머니는 우리가 오기 전부터, 흑장미 녀석이 오기도 전부터, 그보다 훨씬 이전부터 여기를 돌아다니고 있었대. 할머니가 누군지는 아무도 몰라. 왜냐면 그 누구도 말을 걸어 볼 용기가 없거든. 흑장미 녀석도 저 할머니만큼은 무서워해. 특히 눈가에 있는 저 칼자국 같은 흉터는 멀리서 봐도 소름이 돋아. 무서운 할머니라서 그런지 돌무덤 주변을 맴돌기만 해. 뭘 하는지는 아무도 몰라. 흥미롭습니다.”

카라도 한숨을 폭 쉬며 말하다가 토탈이 또 위로 지나가자 튤립을 따라 흥미롭다고 입 모양을 만들어야 했다.

“너도 그냥 우리처럼 저 할머니 못 본 체해. 그냥 없는 존재라고 생각하고 열심히 돌이나 날라. 우리가 저 할머니에게 먼저 말 안 걸고 처다보지 않으면 저 할머니도 우리한테 해코지 안 해. 그러고 보면 참 고마운 할머니야. 감사합니다.”

“그래도 난 궁금한걸.”

동바가 위험한 호기심을 버리지 않자, 카라가 목소리를 낮추며 속닥거렸다.

“너 지금 너무 위험해 보여. 더 이상 궁금해하지 마. 너희들 불안해할까 봐 내가 말은 안 했는데…….”

카라가 소름 돋는 듯 몸을 부르르 떨며 말했지만 동바는 아무렇지도 않았다. 카라는 겁에 질린 표정으로 저 할머니가 그 문제의 오두막에서 드나드는 걸 봤다고 말했다. 그러니까 저 할머니는 오두막과 연결되는 지하 비밀 기지의 일원이라는 것이다. 어쩌면 총사령관일지도 모른다. 동바는 그 말을 이해하지 못했으므로 어떻게 반응해 줘야 할지 몰랐다.

“그럼 저 남자는 누군데?”

동바가 이번에도 시큰둥하게 묻자 다들 입을 모아 답했다.

“유튜버.”

“어?”

“유튜버라고. 유튜버 몰라? 저 사람은 외계 행성에 끌려와서도 조회수에 집착하는 인간이야. ‘안에서 새던 바가지 밖에서도 샌다’고, 지구에서 하던 버릇을 여기서도 못 버린 거지.”

카라가 딱하다는 듯 혀를 “끌끌” 찼다.

“유튜버가 여기서 뭐 해?”

“우리를 촬영하는 거겠지. 조회수 올리려고. 외계인들도 그냥 내버려두나 봐. 아직 범죄를 저지르지는 않았지만 장차 저지를지도 모르는 또 다른 아이들에게 교육 효과가 있다고 생각하나 봐. 걔네들이 우리 꼴을 보면 다들 차라리 착하고 긍정적인 태도로 살고 싶어 하겠지. 보람찹니다, 된장!”

그러고는 다시 탑 쌓기에 집중했다.

그때 토탈이 카라의 입술 모양을 촬영했다. 토탈은 “된장!”이라고 말할 때 카라의 입술 모양을 분석했다. ‘된장’은 ‘젠장’과 발음이 비슷해 문제의 소지가 있다고 판단했다. 하지만 카라의 입술 모양이 ‘ㅚ’라는 원순 모음을 발음했다는 점을 인정했다. 만약 카라가 “젠장!”이라고 말했다면 토탈은 ‘ㅔ’라는 평순 모음을 놓치지 않았을 것이다.

“이제 두 번째 탑을 완성했어. 두 시간 내에 하나 더 완성해야 해.”

튤립이 걱정스레 말했다.

"속도를 더 내야겠어."

카라도 걱정스레 대꾸했다.

"어떻게?"

동바가 물었다. 그러면서도 곁눈질로 할머니를 힐끔힐끔 쳐다봤다. 보면 볼수록 무서워졌다.

"돌무덤까지 뛰어가야지. 돌을 들고 돌아올 때는 뛸 수 없으니 돌무덤까지 갈 때라도 뛰어야지."

튤립이 말하자 카라가 거들었다.

"그리고 지금부턴 돌을 네 개씩 들고 오는 거야."

그 말에 동바는 감탄했다.

"너희들 힘이 아주 세구나. 돌을 네 개씩이나 들고 어떻게 이 거리를 걸어와?"

카라는 고개를 흔들었다.

"아니, 너만. 이게 너 때문이니까 너만 네 개씩 들고 오는 거야. 우린 세 개씩만. 알겠어? 자, 뛰자!"

그렇게 셋은 돌무덤까지 뛰어갔다가 탑 쌓는 곳까지 낑낑대며 돌을 날랐다. 그러기를 한참 동안이나 하자 동바는 완전히 기진맥진했다.

"최대한 작은 돌을 골라야겠어."

동바는 오랜만에 머리를 썼다. 돌무덤에서 가장 작은 돌들을 골라 네 개씩 들고 갈 생각이었다. 하지만 그런 돌은 잘 보이지 않았다. 동바는 돌무더기에서 큰 돌을 요리조리 치우며 작은 돌들을 찾고 있었다.

어느 순간, 동바 눈에 아파트와 학교가 보였다. 여기에 그런 게 있을 리 없었다. 게다가 카라 말로는 외계 행성이 아닌가. 그런 게 있다면 아까부터 쭉 보였어야 했고, 다른 아이들 눈에도 보여야 했다. 그런데 분명 아까까지는 보이지 않았다. 그리고 다른 아이들 눈에도 보이지 않는 것 같았다. 동바는 눈을 비비고 다시 그쪽을 쳐다봤다. 역시 헛것인가 싶었다. 아파트나 학교 같은 건 보이지 않았다. 아이들에게 말을 안 꺼내길 잘한 것 같다. 괜히 이상한 소리를 또 했다간 자기한테 오줌을 싸 버린다고 하지 않던가.

그때, 동바 눈에 뭔가 확 띄었다. 돌들 사이에서 뭔가가 보였다. 동바는 손을 뻗어 그걸 집었다. 그리고는 누가 볼세라 급히 팬티 속에 넣었다. 용광로의 아이들은 겉과 속이 같아야 하므로 옷에는 주머니가 없었다.

사회 전체의 최대 만족을 위하여

사라지는 아이들

아이들은 서로 대화할 시간이 거의 없었다. 낮에는 웃으며 탑을 쌓아야 했고, 밤에는 침묵을 강요당하느라 그랬다. 점심시간 때 잠시 휴식을 갖지만 낮잠을 자야 하므로 서로 잡담 같은 걸 나눌 수는 없었다. 어차피 대화를 나눠 봤자 토탈이 입 모양을 감시하므로 긍정적인 말만 해야 했다. 그런 대화는 하나도 재미가 없다. 그래서 다들 서로의 사연을 잘 알지 못했다. 왜 이곳에 와야 했는지. 그 사연을 말하자면 어두운 얘기를 꺼내야 하는데, 그러면 토탈이 벌점을 매긴다.

청소년 범죄율이 줄어들지 않자 어른들의 걱정이 커졌다. 이대로는 나라가 망할 것 같았다. 가뜩이나 출산율도 낮은데 듬성듬성 태어난 아이들도 제구실을 못 할 것 같았다. 무엇보다 아이들을 위해서라도 특단의 조치가 필요해 보였다.

그때 유튜브 구독자가 많은 어느 교수가 책상 앞에 앉아 아이디어를 하나 냈다. 사고방식과 언어가 악의 근원이다! 악은 생각에서 잉태

되고, 언어를 통해 전달된다! 이게 그가 내린 결론이었다. 욕설, 사기, 협박, 범죄 계획, 싸움을 불러일으키는 시비조의 말투 등 모든 게 언어를 통해 전파되는 악이라는 것이다. 그래서 용광로의 아이들은 어두운 생각을 긍정적으로 교정받고, 해로운 언어를 사용할 수 없었다. 해가 진 후, 노동을 하지 않을 때는 말 자체를 할 수 없었다. 침묵의 시간 동안 언어를 중지한 채 자신의 내면을 들여다봐야 했다. 실은 그럴 새도 없이 곯아떨어지지만.

청소년 범죄율은 좀처럼 줄어들 기미가 보이지 않았다. 여론이 급격히 안 좋아졌다. 대책을 마련해야 했다. 그때 저 교수가 티브이에 나와 외쳤다. 그는 청소년 범죄가 일어날 때마다 방송, 신문, 유튜브에 단골로 나갔다.

"현실이 갑갑할 땐 고전에서 답을 찾아야 합니다. 롬브로소의 저서 『범죄인』에 이미 정답이 나와 있소."

저 자신만만한 교수가 위원회의 위원장으로 임명됐다.

"어떤 사람이 작은 일탈만 저질러도 그것이 타고난 범죄적 성향을 보여 주는 신호라면, 사회는 예비 범죄자인 그를 강력하게 응징하고 영원히 격리해야 합니다!"

그는 롬브로소의 학설을 인용하여 목청을 높였다. 그가 자기 생각을 말한 적은 없다. 자기 생각을 말하면 책임을 져야 하는 수가 있다. 하지만 남의 말을 인용하는 거라면 이야기가 달라진다. 그 사람이 이미 죽은 사람이라면 더더욱.

청소년 범죄를 걱정하던 사람들이 그의 저돌적인 주장에 박수를 쳤다. 박수 소리가 커질수록 관련 법안이 빠르게 마련됐다. 그렇게 생소한 이름인 '롬브로소 특별법'이 순식간에 탄생했다.

범죄를 저지를 것 같은 기미가 보이는 아이는 범죄를 저지르기 전에 '보호'하겠다는 게 이 법의 취지다. 그러면 아이는 범죄를 저지를 기회 자체가 사라지니 처벌받지 않아서 좋고, 청소년 범죄율이 떨어지니 사회가 안전해져서 좋고, 어떤 아이들이 '보호'받는 걸 보는 다른 아이들은 경각심을 가질 수 있어 좋을 것이라고. 이렇게 좋은 걸 안 할 이유가 없었다.

학교 선생님들이 티브이 토론회에 나가 강하게 반대했다. 여기저기서 문제를 제기하는 사람들도 많았다. 언어를 악의 근원이라 규정한 위원장에게 반대하는 목소리도 커졌다. 하지만 위원장은 자신을 지지하는 커다란 목청을 믿고 큰소리를 땅땅 쳤다.

"나치를 보시오. 학살을 '최종 해결', 수용소 구금을 '이송'이라는 행정 용어로 둔갑하니 현장의 군인들이 죄책감을 덜고 사악한 임무를 수행할 수 있었잖소. 그들은 살인을 '자비로운 죽음 부여'라고 칭하기까지 했소. 마치 피해자들을 위한다는 언어로 둔갑하여 학살이라는 본질을 감춘 게요. 이처럼 본질이 언어로 표출되는 게 아니고, 언어가 본질을 규정짓는 경우가 많소. 나는 요즘 아이들의 언어가 나치의 언어보다 낫다고 보지 않소."

반대자들은 위원장이 이 학설 저 학설의 진의를 왜곡하여 걸레 깁

듯 아무렇게나 갖다 붙인다고 비난했다. 잘못을 저지르지도 않은 아이들을 미리 구금한다는 발상과, 소수의 아이들을 희생시켜 사회 전체의 범죄율을 떨어뜨리려는 음험한 시도는 그 어떤 이유로도 정당화될 수 없다는 비난도 거세졌다. 민주주의는 우리가 두려움에 굴복할 때 흔들릴 수 있다는, 어느 미국 대통령의 퇴임 연설도 동원됐다. 그들은 청소년 범죄에 대한 두려움에 굴복하여 해괴한 법을 만드는 건 우리 스스로 괴물 같은 사회를 건설하는 꼴이라고 호소했다.

그러거나 말거나 위원장은 반박했다.

"용광로에 가게 될 어느 아이의 불행감이 100만큼 증가한다 해도, 그 아이 덕에 사회 전체 구성원이 느낄 만족감은 수천만 배가 넘을 것이오. 한 명을 일정 기간 호되게 혼쭐내서 사회가 안전해진다면 마다할 이유가 없소. 어차피 모두를 만족시키는 정책은 없소. 더 많은 사람들이 더 많이 만족하는 정책이 있다면 우리는 그걸 택해야 하오. 사회 전체의 전체적 행복은 불가능하지만, 사회 전체의 최대 만족은 가능하다 이 말이오."

지지자들도 들불처럼 일어나 거들었다. 위원장을 비판하는 사람들은 "너희 자식이 못된 애들한테 당해도 그런 말 할래?"라는 그들의 격한 반응에 기가 질렸다. 어떤 아저씨들은 문제 청소년들을 담당할 무시무시한 감옥 같은 게 필요하다고도 했다. 다수결과 목청에서 위원장 쪽이 이겼다.

다수결에 따라 용광로가 탄생했다. 전국에 이런 시설이 몇 개나 있는지 아이들은 알지 못했다. 각각의 용광로는 제1 용광로, 제2 용광로 같은 이름이 아니라 MC-34B 용광로, QP-1903CX 용광로와 같이 불렸다. 그래야 용광로에 이미 가게 된 아이들은 물론이고, 앞으로 가게 될지도 모를 아이들이 더욱 두려움을 느끼게 될 것이라는 게 이유였다. 규모를 짐작할 수 없으면 두려움은 더 커진다. 제9 용광로라는 말을 들으면 수용 인원을 대충 짐작할 수 있게 되고, 그러면 왠지 자신은 안 가지 않을까 하는 안도감 같은 게 깃들지도 모른다고 위원회는 우려했다. 그래서 WRZ-Q901P처럼 개별 용광로에 이름을 붙이면 공포심 유발 효과가 극대화된다는 것이다.

현장의 목표는 명확했다. 아이들을 '인간'으로 만드는 것이었다. 용광로는 아이들을 녹여 '인간'으로 만들어 낸다. 일정 기간 사회와 떨어진 채 사고와 언어를 교정하다 보면 더 나은 인간이 될 수 있다는 것이다. 그러나 그것 외에 다른 구체적 대안은 없었다. 왜냐하면 비행 '우려' 청소년들을 '처리'해야 한다는 여론에 밀려 느닷없이 탄생했기 때문이다.

하지만 이곳에서 너무나 심심했던 아이들은 스스로 일거리를 찾아냈다. 누군가 처음으로 탑을 쌓기 시작했는데, 그러자 다른 아이들도 그걸 따라 하기 시작했다. 토탈을 통해 감시하던 어른들은 흡족해했다. 역시 아이들이 긍정적으로 변화하고 있다는 보고서가 여러 건 작성됐다. 보고서가 쌓일수록 더 많은 용광로 건설을 촉구하는 목소리도 높아졌다.

어른들은 아이들이 묵묵히 탑을 쌓다 보면 인내심과 자기통제력이 생겨날 거라고 보았다. 그래서 어느 순간부터는 탑을 쌓는 걸 의무 사항으로 넣기 시작했다. 하지만 흑장미와 들꽃처럼 여전히 거친 애들을 봐서는 그 말이 썩 옳아 보이지는 않았다.

처음에는 탑 쌓는 개수에 비례해서 반성 점수를 받았다. 그래서 각 팀들은 탑을 더 쌓으려고 열띠게 경쟁했다. 순식간에 탑들이 여기저기서 솟아났다. 가장 많은 탑을 쌓은 아이들은 당장 집에 갈 것으로 기대했다.

하지만 아이들이 탑 쌓는 데만 골몰하고 진정한 반성은 하지 않는 게 아니냐고 위원장이 지적했다. 게다가 이렇게 경쟁하다가는 하루에 10개 넘게 쌓는 팀도 생겨나겠다고 아이들도 걱정했다. 누군가 하루에 10개를 쌓아 버리면, 9개를 쌓은 아이들은 실컷 고생을 하고도 반성을 덜한 게 된다. 다음 날 누군가 11개를 쌓으면 10개를 쌓은 아이들이 반성을 덜한 게 돼 버린다. 이러면 다 같이 망하자는 말이 된다. 아이들은 암묵적으로 담합했다. 그냥 하루에 두 개만 쌓자고. 그러면 탑의 개수로 평가받을 일은 없다.

누구를 선별해서 용광로로 보낼 것인가. 누가 가장 적당할까. 누구를 보내야 가장 큰 교육적 효과를 거둘 수 있을까. 선별은 누구에게 맡길까. 어떤 아이가 조만간 범죄를 저지를지 어떻게 예상할 수 있을까……. 쉬운 문제가 아니었다.

누군가 또 이상한 아이디어 하나를 냈다. 기준을 정하지 말자는 것이다. 누구를 용광로로 보낼지 기준이 명확하면 영악한 아이들이 그 기준만 피해서 행동한다는 것이다. 그래서 아예 기준을 정하지 말아야 한다며, 그러면 아이들은 누가 용광로에 가게 될지 모르니 매사에 조심하고 두려워하게 된다는 것이다.

그렇게 됐다. 아무 기준도 없이. 하지만 누군가는 반드시 용광로에 가게 됐다.

선별은 학교 선생님들이 하는 게 아니었다. 친한 학생은 빼 주고 사이가 안 좋은 학생을 선발하는 등의 불공정이 있을 수 있다는 염려가 되었다. 선별을 누가 하는지도 알려지지 않았다. 그걸 누가 하는지 알면 돈 많은 학부모들이 뇌물을 써서 자기 자식을 명단에서 빼낼 수도 있다는 게 이유였다. AI에게 맡긴다는 소문도 있었다.

어느 날 갑자기 아이들이 사라졌다. 바로 옆에서 뛰어놀던 아이가 점심시간에 사라지는 걸 보며 친구들은 바들바들 떨었다. 선생님들께 대드는 학생들도 감쪽같이 사라졌고, 감히 수업 시간에 핸드폰을 꺼내는 아이도 없어졌다. 학교는 평화를 찾은 것 같았다. 적어도 겉으로는 그랬다.

용광로로 가는 아이들의 명단과 사진은 저녁 뉴스에 짤막하게 나온다. 어제 용광로로 간 아이들의 명단과 사진은 오늘 뉴스에 뜬다. 그거면 된다. 부모가 그 뉴스를 못 보면 아이의 행방을 모르게 되는 거다. 부모의 동의 같은 건 필요 없다. '롬브로소 특별법'의 내용이 그렇다. 법이 그렇다면 그렇게 해야 하는 것이다. 법을 만드는 사람들은 국민의 위임을 받았으니 국민의 뜻을 받든다며 마음대로 법을 만들었다. 그걸 비판하는 사람들보다 지지하는 사람들이 더 많으니 뭐든지 가능했다.

흑장미는 짝사랑하는 상담 선생님의 관심을 끌고 싶었다. 매일 상담실을 찾아갔지만 상담 선생님은 흑장미를 귀찮아했다.

"선생님, 저 죽고 싶어요. 짝사랑하는 여자가 있는데 제 마음을 몰라 줘요."

흑장미는 훌쩍거리며 말했다. 그러면 상담 선생님이 관심을 가져 줄 것 같았다. 깜짝 놀란 상담 선생님은 흑장미의 담임에게 이 사실을 알렸고, 담임은 교감에게 보고했다. 교감은 교장과 상의한 후 위원회에 '추천서'를 썼다. 문제를 저지를지 모르는 아이가 여기 있다고.

공부를 싫어하는 들꽃은 늘 그렇듯 다섯 시간째 게임을 하고 있었다. 어떻게 된 게 그날따라 계속 지기만 했다. 화가 난 들꽃은 자학하는 마음으로 책을 폈다. 아무래도 국어가 만만했다. 숫자나 알파벳보다는 한글이 훨씬 쉽게 느껴졌다. 들꽃은 문학 파트 문제를 풀다가 신경질적으로 책을 덮었다. 때마침 어떤 이상한 위원회의 위원장이라는 아저씨가 유튜브에 자꾸 나와 "언어가 악의 근원"이라고 떠들어 대고 있었다. 들꽃은 그 말만큼은 정말 공감했다. 그래서 위원장 유튜브에 자신은 비문학 파트도 싫어하지만 문학 파트는 정말이지 저주한다고, 국어 자체가 사라졌으면 좋겠다고 댓글을 달았다. 이건 교육 정책에 대한 반란이 아닌가! 악의 새싹을 발견한 위원장은 이 일을 웃어넘길 수 없었다. 다음 날, 들꽃은 등교하다가 사라졌다.

튤립이 학교를 마치고 집에 갔을 때, 집에는 엉뚱한 사람들이 살고 있었다. 누구냐고 물으니 그쪽에서 그러는 너는 누구냐고 되물었다. 집을 잘못 찾아왔나 싶어 순간 헷갈렸지만 자기 집도 못 찾아가는 사람이 어디 있나. 아빠, 새엄마, 아빠와 새엄마 사이에서 태어난 이복동생이 튤립의 가족이다. 다들 어디로 갔을까. 튤립은 아빠에게 전화를 걸었다. 아빠는 전화를 받지 않았다. 튤립은 경찰서로 가서 아빠를 찾아 달라고 했다. 경찰이 아빠와 통화를 하더니 튤립에게 상황을 설명해 줬다.

"네 아빠는 이사 갔어. 너한테 말 안 하든? 새 집 주소 몰라?"

튤립은 울먹이며 모른다고 했다. 이사를 간다는 것 자체를 들은 적이 없었다.

경찰은 튤립 아빠에게 다시 전화를 걸었다.

"이 아이를 어떻게 할까요? 댁으로 데려다 줄까요? 네? (……) 뭐라고요? (……) 지금 이삿짐 정리하기 바쁘니 일단 경찰서에 두라고요? (……) 네? 애 새엄마가 애를 싫어한다고요? 여보세요? 여보세요?"

전화가 끊겼다. 경찰서는 어린이집이 아니다. 더군다나 튤립은 어린이도 아니었다. 경찰은 애를 어떻게 처리할지 고민됐다. 계속 울기만 하는 튤립이 짜증 났다. 다 큰 녀석이 쉬지 않고 훌쩍이다니, 정서가 많이 불안해 보였다. 조만간 무슨 짓이든 벌일 것만 같았다. 갈 곳 없는 튤립은 용광로로 가게 됐다.

카라 아빠는 저러지는 않았다. 자신의 잘못을 뉘우칠 줄 아는 사람이었다. 아들에게 사과할 줄도 아는 아빠였다.

"아들아, 미안하다."

카라 아빠는 아들의 자두만 한 손을 잡고 사죄했다. 갓난아기 카라는 옹알거리며 아빠 말을 따라 하려고 했다.

"모든 사람은 죽는다. 어차피 죽을 거 괜히 태어나게 해서 진심으로 미안하구나."

카라는 매사에 의심이 많고 냉소적이었다. 우주가 홀로그램이 아니라는 것을 입증할 수 없어 골치가 아팠다. 카라는 태초에 고등학생이 있었다고 강하게 의심한다. 빅뱅 이전에 숙제가 있었다는 것이다. 어느 외계 고등 문명의 고등학생이 수행 평가로 제출한 홀로그램이 이 우주가 아니라고 어떻게 입증할 수 있단 말인가. 삶이라는 것도 하나의 환상 같았다. 자신이 소중히 여겨 왔던 것들도 돌이켜 보면 덧없는 것들이었다. 카라는 연령대별로 젖병, 장난감, 게임, 짝사랑에 집착했다. 지나고 나면 별 의미 없는 것들이었다. 카라는 자신의 문제의식을 글로 적어 신문사에 투고했다. 인터넷 게시판에 올리기에는 격이 맞지 않는 것 같았다. 기자의 신고로 카라는 용광로로 가게 됐다.

미나리는 척 보면 모범생처럼 보이는데 대체 용광로에 왜 오게 된 건지 다들 의아해했다. 하지만 미나리는 그 이유를 말한 적 없다.

누구나 용광로로 갈 수 있다. 어떤 이유로 갈지는 아무도 모른다. 언제 갈지도 모른다. 오늘은 아니지만 내일일 수도 있다. 영원히 안

갈 수도 있지만, 점심시간이 끝나기도 전에 갈 수도 있다. 차별은 없었다. 용광로에 녹여지는 모든 고철이 그렇듯 모든 아이가 적어도 용광로 앞에서는 평등했다.

범죄율이 줄어들었다. 대신 우울증, 불안 장애를 호소하는 아이들은 급증했다. 아이들을 직접 상대해야 하는 선생님들은 예전보다 더 힘들어졌다고 하소연했다. 아무도 그걸 들어 주지는 않았다. 선생님들도 자꾸 어두운 말로 불평하면 어른용 용광로로 가게 될지 모른다는 불안을 느꼈다. 그래서 언제부턴가는 다들 입을 다물었다. 어쨌든 사회는 예전보다 더 안전해진 것 같았다. 용광로는 앞으로도 영원히 존재할 것 같았다.

이상한 동바의 이상한 책

우여곡절 끝에 탑 세 개를 간신히 완성했다.

"좋습니다, 고장 난 휴먼. 노 페인, 노 게인!"

토탈의 검사도 통과했다. 튤립과 카라, 동바는 탑 옆에 벌러덩 누워 숨을 헐떡였다. 다시 일어설 기력이 없었다. 하지만 저녁밥을 먹으려면 동굴로 가야 했다. 동굴은 돌무덤 옆에 있고, 여기서 한참 떨어져 있다.

이제 곧 밥을 먹을 시간이다. 6시에 저녁밥을 배식한다. 밥은 아무 맛이 없다. 말 그대로 맛 자체가 없다. 끈적거리는 이상한 물체를 씹는 기분이다. 소금도 치지 않는다. 하지만 소금을 먹지 않으면 죽으니까 먹긴 먹어야 한다. 그래서 싱거운 밥을 다 먹은 후, 소금은 후식으로 따로 먹게 했다. 배고프면 뭐든 먹게 된다면서.

셋은 기력이 없었지만 뛰어야 했다. 밥 먹기 전에 동굴에 도착해서 샤워까지 해야 했다. 가장 늦게 도착하는 아이들은 샤워를 할 수 없다. 총 3개 팀 중에서 꼴찌로 도착하는 팀은 그날 샤워를 못 한다. 먼저 도착한 팀들이 물을 다 써 버리니까. 물도 "콸콸" 시원하게 나오지 않는다. 1인당 총 7리터의 차가운 물이 "졸졸졸" 흘러나온다. 그게 규칙이다. 물의 소중함을 그렇게 배우는 거라며.

흑장미네 무리는 돌무덤에서 가장 가까운 곳을 차지했으므로 느릿느릿 걸어도 동굴에 가장 먼저 도착했다. 그 녀석들은 샤워를 할 때 항상 바닥에 오줌을 싼다. 동바네 아이들이 샤워를 하러 들어갈 때면 늘 지린내가 풍겼다. 튤립이 몇 번이나 발끈했지만 싸움을 벌이면 집에 갈 수 없기에 꾹 참아야 했다.

팬티 속에 뭔가를 숨겨 둔 동바는 뒤뚱뒤뚱 뛰어야 했다. 그래도 달리기는 제일 빨랐다. 동바의 엉덩이가 오리 궁둥이처럼 툭 튀어나왔다. 뒤에서 뛰던 카라가 수상쩍게 여겼지만 너무 피곤하고 귀찮아서 그냥 내버려두었다. 기력이 조금은 남아 있던 튤립이 소리쳤다.

"잠깐!"

하지만 동바는 그냥 쭉 달렸다.

"야, 멈춰!"

카라가 동바를 불렀다.

"야, 동바야. 멈추라고!"

그때서야 동바는 뒤를 돌아봤다.

"왜?"

"멈추라고 몇 번이나 말해야 하냐."

"나보고 멈추라고는 안 했잖아."

어휴, 말을 말자.

"아무튼 너, 엉덩이가 왜 그래? 뭐 먹을 거라도 감춘 거야? 어디 한 번 보자."

튤립은 손으로 동바의 엉덩이를 툭툭 쳤다. 뭔가 딱딱한 게 만져졌다.

"너 엉덩이에 감춘 게 뭐야?"

튤립은 불안해져서 동바에게 물었다. 튤립이 보기에 동바는 무슨 짓을 할지 전혀 예측이 안 되는 아이였다. 그래서 동바가 같은 조에 들어오고부터 늘 불안했다. 동바가 또 규정을 어기면 무슨 벌을 받을지 모른다.

"책이야."

동바가 대답했다.

"책?"

카라가 깜짝 놀라 눈이 휘둥그레지며 물었다.

이곳의 원칙은 분명하다.

악은 언어를 통해 전달된다. 이게 옳은 생각이든 아니든 예전부터 그렇게 확신하는 사람들이 있어 왔고, 아직도 있다.

아이들은 허가 받은 시간 외에 대화해서는 안 된다. 물론 책도 읽어서는 안 된다. 책 역시 언어를 매개로 쓰인 것이니까. 책에 어떤 내용이 담겨 있는지 모르니까. 성분이 의심스러운 의약품을 몸에 집어넣는 사람은 없듯 정신에 아무 생각이나 집어넣어서는 안 된다는 것이다. 검증되지 않은 언어는 악의 근원이었고, 그런 언어는 세상을 위협하는 흉기가 되었다.

"못된 아이들의 입에는 곰팡이가 있소. 자음과 모음, 낱말과 문장은 곰팡이 포자처럼 공기 중에 퍼진다오. 그 포자는 다른 아이들에게도 스며들어 곰팡이를 퍼뜨리는 게요."

입버릇처럼 이렇게 말하는 위원장은 19세기 뉴욕의 오번 감옥(Auburn Prison)에서 깊은 감명을 받았다. 그 점은 다른 위원들도 마찬가지였다. 악행은 언어를 매개로 전파된다고 믿던 사람들은 오번 감옥을 지었다. 그곳의 죄수들은 서로 대화하지 않고 협동 노동을 해야 한다. 서로 말 안 하고 어떻게 협동이 가능한지 모르겠지만, 그 당시 미국의 용광로는 그랬나 보다.

그런데 지금 동바는 언어가 잔뜩 적힌 책을 팬티 속에 숨겨 둔 것이다. 이걸 감췄다가 들키면 평생 집에 못 갈지도 모른다. 이 녀석 때문에 카라와 튤립은 노인이 되어서도 이 지긋지긋한 용광로에 갇혀 있어야 할지도 모른다. 둘은 절망했다.

튤립이 동바의 바지춤에 손을 넣었다. 인상이 절로 구겨졌다. 그러고는 엉덩이에서 책을 꺼내 흔들었다. 제목은 없었다. 카라도 인상을 팍 찌푸렸다.

"동바야, 내 말 잘 들어."

튤립이 마른침을 "꼴깍" 삼키며 말했다.

“너 이거 왜 감춘 거야?”

“난 책을 좋아해. 근데 여긴 도서관이 없잖아. 이거라도 읽으려고.”

동바가 영문을 모르겠다는 듯 눈을 씀벅거리며 대답했다.

“된장! 너 이 자식아, 이렇게 나쁜 물건을 감췄다가 들키면 끝장이야! 우리 모두 토탈한테 붙들려 화산 꼭대기로 가게 될 거라고! 난 이 행성에서라도, 살아남고 싶다고!”

카라가 씩씩거리며 동바의 멱살을 잡았다.

그때였다. 어디선가 고함 소리가 들렸다. 하지만 그 소리는 화가 나서 질러 대는 게 아니었다.

“너희들, 거기서 뭐 해!”

유튜버 아저씨였다. 한 번도 아이들에게 말을 걸지 않아서 목소리는 처음 들어 본다. 튤립은 저 아저씨가 유튜버를 가장한 감시꾼이라고 확신했다. 튤립은 책을 도로 동바의 엉덩이에 쑤셔 넣었다.

“혹시 싸우는 거야? 그런 거야? 그럼 난 말리지 않을게.”

유튜버는 이 문제 많은 아이들이 여기서도 싸움박질하기를 내심 기대했다. 그러면 시청자들은 그럼 그렇지, 하며 혀를 찰 테니까. 더 거칠게 싸워 줄수록 조회수가 올라갈 테니까.

싸움을 벌이면 무슨 벌을 받는지 아무도 모른다. 감히 규칙을 어겨 본 아이가 아직 아무도 없기 때문이다. 자비란 없다. 누가 잘했든 잘못했든, 누가 먼저 때렸든 무조건 무시무시한 벌을 받게 될 것이다.

카라는 “헤헤” 웃으며 유튜버 아저씨를 돌아봤다.

“아니에요. 동바 옷에 먼지가 묻어서 털어 준 거예요.”

유튜버는 의심쩍다는 듯 셋을 노려봤지만 싸운 것 같지는 않았기에 실망한 채 자리를 떴다.

“휴, 큰일 날 뻔했어.”

“정말이야. 인생 끝날 뻔했어.”

튤립과 카라가 한숨을 푹 내쉬었다.

“왜?”

동바가 그 이유를 묻자 둘은 또 절망했다. 이런 녀석과 같은 조라니. 언제가 될지는 모르겠지만 집에 가는 날까지 같이 탑을 쌓아야 하다니.

“지금이라도 토탈에게 책을 제출해야 해. 즉시 자수해야 한다고. 자수하면 점수를 받을 수 있고, 숨기면 목숨이 위태로워!”

카라가 말했다.

“내 책이야. 내가 주웠어!”

동바가 저항했다.

“그건 카라 네 생각이 틀렸어.”

튤립도 반대했다. 튤립이 말을 이었다.

“오늘은 늦었어. 카라 너는 항상 탑 그림자로 시간을 가늠하잖아. 저 길쭉한 그림자를 봐. 이미 늦은 오후야. 지금 갖다 주면, 우리는 ‘즉시’ 자수해야 한다는 규정을 어긴 게 돼. 토탈이 ‘왜 이제야 왔지?’라고 물으면 뭐라고 할 건데? 이 책을 훔치려다가 마음을 바꿔 먹고 갖다 준 걸 실토하는 꼴이잖아. 우리가 아까부터 이 자리에서 뭔가 대화하는 건 이미 CCTV에 찍혔어. 방금 발견해서 가져왔다고 말해 봤자 토탈은 안 믿을 거야.”

일리가 있었다. 흉기가 될 만한 물건이나 언어가 적힌 물건은 발견 즉시 제출해야 한다. 어마어마한 돌무더기 속에 뭐가 숨겨져 있을지 모르니 위원회는 이 점을 특히 강조했다. 어제도 미나리가 ‘OO제과’라고 적힌 오래된 과자 봉지를 제출하고 반성 점수를 받았다.

“그럼, 어쩌지?”

카라가 물었다.

“기왕 동바가 책을 훔쳤으니 이제 방법이 없어. 이렇게 하자.”

튤립이 둘을 불러서 은밀히 속닥거렸다. 동바는 늘 그렇듯 한 귀로 듣고 한 귀로 흘려 버리고 있었다.

자매

1

채리는 폐허가 된 마을을 혼자 돌아다녔다. 피란 간 친구들은 돌아오지 않았다. 전쟁은 이제 끝났지만 채리의 전쟁은 이제 시작이었다. 전쟁 중에 채리는 엄마를 잃었다. 전쟁터에 끌려갔던 아빠는 다리 하나를 잃고 목발을 짚은 채 돌아왔다. 이제 열여섯 살 채리가 가장이었다. 어린 동생이 있었다. 더는 학교도 갈 수 없었다. 무엇보다 배가 너무 고팠다. 하지만 뭘 해서 식량을 구한단 말인가. 주머니 속에는 말린 옥수수 알갱이 몇 개가 들어 있을 뿐이었다.

아침과 점심을 굶어 눈에 보이는 게 없었다. 사실 어제도 하루 종일 굶었다. 채리만 굶은 게 아니었다. 아빠와 동생도 굶었다. 지금 상태라면 고양이라도 잡아먹을 수 있을 것 같았다.

그때 채리 눈에 버려진 새끼 고양이가 들어왔다. 어미 고양이한테 버림받은 아픈 고양이였다. 새끼 고양이는 쫄쫄 굶었는지 비쩍 마르고 기력이 없어 보였다. 고양이는 작은 입을 벌려 "야옹" 하고 울어 댔다.

채리는 망설이다 새끼 고양이에게 다가갔다. 고양이는 도망치지 않았다. 도망칠 기운도 없어 보였다. 쭈그리고 앉은 채리는 주머니 속에서 옥수수 알갱이를 꺼내 내밀었다. 새끼 고양이는 작은 입을 오물거리며 알갱이를 열심히 받아먹었다. 채리는 작은 고양이를 품에 안고 쓰다듬어 주었다.

"그게 마지막이야."

마지막 알갱이마저 새끼 고양이에게 양보한 채리는 순간 머리가 확 도는 것 같았다. 고양이를 잡아가서 삶아 먹으면 어떨까 하는 생각이 들었다. 그럼 하루 정도는 가족들이 굶주림을 면할 수 있을 것 같았다. 그러다 금세 고개를 절레절레 저었다.

"미안해. 내가 잠시 어떻게 됐나 봐."

채리는 고양이를 품에서 놓아 주고 다시 터벅터벅 걷기 시작했다.

혹시 볍씨라도 있으려나. 저 집에는 뭔가 있을 거야. 채리 눈에 커다란 저택이 들어왔다. 하지만 그 집은 폭격으로 반쯤 무너진 폐가였다. 무너지고 부서졌지만 온전했을 때는 상당한 부잣집이었을 것이다. 가난한 나라에서 보기 드문 저택이었다.

폐가였으므로 당연히 인기척이 없었다. 사람이 떠난 지 오래된 집 같았다. 채리는 먼저 부엌 찬장을 뒤졌다. 빈 그릇밖에 없었다.

어쩌면 돈을 보관해 둔 금고 같은 게 있을지도 몰라. 채리는 살금살금 걸어서 안방으로 향했다. 바닥의 자욱한 먼지 때문에 채리의 발자국이 선명하게 찍혔다. 아무도 살지 않는 폐가였지만 도둑질하러 들어온 채리는 누구한테 들킬세라 불안했다. 나쁜 짓 하는 게 뜨끔했지만 오늘 당장 뭘 먹지 못하면 내일은 나쁜 짓을 할 기회조차 없을 것 같았다. 무엇보다 동생에게 뭔가를 먹여야 했다.

"악!"

안방에 들어간 채리는 비명부터 질렀다. 손으로 입을 틀어막았지만 날카로운 비명이 새어 나왔다. 안방에는 서양식 침대가 있었고, 그 위에 미라가 된 시신이 반듯하게 누워 있었던 것이다.

침대가 있는 집이라면 분명 숨겨 둔 돈이 어딘가에 있을 거야. 여기서 죽은 걸 보면 피란을 떠나지 않은 거야. 그럼 돈도 그대로 있겠지. 채리는 두려움에 이를 덜덜 떨면서도 안방 여기저기를 뒤지기 시작했다.

한 시간이 넘도록 안방을 뒤졌지만 금고 같은 건 나오지 않았다. 어쩌면 금고가 보관된 공간은 폭격으로 사라졌는지도 모른다.

오래된 책들이 꽂힌 서가에는 먼지가 뿌옇게 쌓여 있었다. 책을 좋아하지만 이제는 학교에 다닐 수 없는 채리는 무슨 정신으로 그랬는지 서가에서 책을 몇 권 빼서 훑어보았다. 소설책도 아니었고, 과학책도 아니었다. 제목으로 봐서는 도통 무슨 내용인지 알 수가 없었다. 책을 펼쳤지만 한자가 많아 제대로 읽어 볼 수도 없었다. 채리는 이 책들의 주인이, 그러니까 침대에 누워 있는 저 사람이 도대체 뭘 하던 사람인지 궁금해졌다.

채리는 자신이 도둑질을 하러 남의 집에 들어왔다는 현실에 순간

뜨끔했다. 왠지 죽은 사람이 자기를 노려보고 있을 것만 같았다. 채리는 미안하다고, 너무 배가 고프다고 사과를 하려고 고개를 돌려 시신을 쳐다봤다. 그때 채리의 눈에 뭔가가 들어왔다. 그 시신은 가슴팍에 뭔가를 소중히 껴안고 있었다. 채리는 후들거리는 다리로 조심스레 다가가 그것이 뭔지 살펴봤다. 역시 책이었다. 그러니까 평생 이상한 책만 보던 사람이 죽을 때도 책을 껴안고 있었던 것이다.

시신이 안고 있던 책은 제목이 없었다. 그냥 빈 표지였다.

"왜 죽는 순간까지 껴안고 있었을까……."

채리는 자기도 모르게 잠시 허황된 상상을 했다. 그 책이 자기한테 뭔가 좋은 일을 가져다줄지도 모른다고. 그러다 그런 생각을 하는 자신이 바보같이 느껴졌다. 그래도 누군가가 죽으면서까지 껴안고 있던 책이라면 뭔가 대단한 책일 것도 같았다. 이 책을 꼭 가져가야 할 것 같은 느낌이 강하게 들었다. 이런 신기한 책이면 헌책방에 비싼 값에 팔 수 있을지도 몰랐다.

"죄송합니다. 정말 죄송해요."

채리는 떨리는 손으로 시신의 차가운 손을 치웠다. 몽당연필을 쥐고 있던 손은 맥없이 침대에 툭 밀렸다. 손에 몽당연필을 쥐고 있었던 걸로 봐서는, 문장에 밑줄을 그으려던 것처럼 보였다. 파멸을 암시하는 듯한 어떤 문장에 밑줄을 긋다가 죽음을 맞이한 것 같았다. 채리는 시신의 가슴팍에 놓인 그 책과 몽당연필을 냉큼 집어 후닥닥 그 집을 나왔다.

그렇게 달아나는 채리를 게슴츠레한 눈빛으로 쳐다보는 여자가 있었다. 부근에서 대규모 고아원을 운영하는 원장이었다.

동바의 위험한 취미

일은 저녁 배식 시간에 벌어졌다. 오늘 배식 당번은 들꽃이었다. 들꽃은 거친 느낌을 주는 자기 이름을 마음에 들어 했다. 그런 들꽃도 흑장미 앞에서는 거칠게 굴지 못했다.

들꽃은 배식 당번을 할 때마다 흑장미 식판에는 음식을 듬뿍 퍼 주었다. 그런데 이날은 들꽃이 엉뚱한 짓을 하는 것이었다. 비록 형편없는 음식이지만 흑장미에게 듬뿍 퍼 주고 동바는 그냥 지나쳐 버렸다.

"저기……."

동바가 맥없이 들꽃을 불렀다. 들꽃에게 말을 걸 용기도 없거니와 탑을 쌓느라 너무 지쳐 기력이 없기도 했다.

"저기……."

동바가 다시 들꽃을 불렀지만 들꽃은 못 들은 체했다.

"동바가 부르잖아."

보다 못한 튤립이 끼어들었다. 그러자 들꽃이 두리번거리며 물었다.

"누구? 동바가 누군데? 누가 나 불렀어?"

"저기 동바가 너 불렀잖아. 왜 쟤한테는 밥을 안 주는 거야?"

"난 그런 애 모르는데?"

들꽃은 동바를 투명 인간 취급했다. 동바가 가장 만만해 보이니 놀려 먹을 작정이었다. 튤립은 부아가 치밀어 올랐다. 동바처럼 약한 녀석에게도 밥 먹을 권리는 있다. 그리고 투명 인간처럼 취급당하지 않을 권리도 있다. 아무리 여기가 이상한 곳이라고 해도. 카라 주장처럼 여기가 정말 지구에서 수억 광년 떨어진 외계 행성이라 해도 그 점은 변치 않는다.

"너 배식 다시 해. 안 그럼 나 너랑 싸울 거야."

튤립 자신도 깜짝 놀랐다. 자기가 입 밖으로 저런 위험천만한 소리를 내뱉을 줄은 꿈에도 몰랐다. 그것도 동바를 위해.

튤립이 이렇게 위협하자 잡담을 나누던 아이들이 토탈한테 뺨이라도 맞은 듯 싹 조용해졌다. 규칙 제1조가 바로 '싸우지 않는다'이기 때문이다. 규칙을 어기면 어떤 처분을 받게 되는지는 아무도 몰랐다. 그 누구도 어겨 본 적이 없기 때문이다. 흑장미조차도.

"너 이 씨……이……인……발!"

들꽃은 순간 입에서 욕이 나올 뻔했지만, 금세 '신발'로 바꿔 말했다. 규칙 제2조가 '욕하지 않는다'이기 때문이다. 욕을 내뱉는 순간, 아이들이 우르르 달려가 토탈한테 고자질할 게 뻔했다.

"나, 나, 나도…… 너랑 싸울 거야."

카라가 가쁜 숨을 몰아쉬며 들꽃에게 경고했다. 늘 냉소적인 카라지만 이번 일만큼은 의심의 여지없이 튤립 말이 옳았다. 긴장한 카라는 식은땀을 너무 많이 흘려 얼른 소금을 섭취해야 할 것 같았다.

"넌 또 왜 나서고 그래?"

들꽃이 씩씩거리며 튤립과 카라에게 물었다.

"얼른 동바한테 배식 다시 해."

이미 엎질러진 물이었다. 이 일로 들꽃과 흑장미가 로팀을 더 괴롭힌다고 해도 이제 어쩔 수 없는 일이었다. 하지만 당장 이 순간만큼은 튤립과 카라가 승자처럼 보였다. 들꽃은 툴툴거리며 동바 식판에 밥을 퍼 주었다.

튤립과 카라는 노려보는 흑장미의 시선을 느끼고 있었다. 아차, 싶었다. 식은땀이 주르르 흘렀다. '괴롭히지 않는다'라는 규칙은 없었기 때문이다. 욕이나 싸움 같은 건 객관적인 기준이 있는 행동이다. '씨발'이라고 하면 욕을 한 것이고, 누굴 때리면 싸움을 하는 것이다. 하지만 괴롭히는 행동은 딱 잘라 정할 기준이 없다. 누가 머리를 쓰다듬기만 해도 사람 간의 관계나 상황에 따라 그건 괴롭히는 일이 될 수도 있다. 버스에서 여학생의 머리를 쓰다듬는 변태를 떠올려 보라. 하지만 어떤 때는 그보다 훨씬 심해 보이는 일이 당사자들에겐 그저 장난인 경우도 많다. 그래서 규칙에는 '괴롭히지 않는다'가 빠져 있는 것이다. 따라서 이 일 때문에 흑장미와 들꽃이 자신을 괴롭힌다고 해도 규칙에 어긋나는 건 아니다.

두 사람은 앞날이 무서웠지만 동바를 굶길 수는 없었다. 부당한 일에 한 번 굴복하면 그 뒤로는 더 심한 일을 당한다는 걸 경험을 통해 잘 알고 있었다.

튤립은 평소 흑장미 일당에게 화가 나 있기도 했다. 해바라기가 함께 있을 때만 해도 흑장미와 들꽃이 저 정도로 못되게 굴지는 않았다. 해바라기는 키가 작았지만 아주 다부지고 용감한 녀석이었다. 그때만 해도 저 녀석들이 자기들을 우습게 보지는 못했다. 하지만 해바라기가 사라지고부터 흑장미 일당은 대놓고 그들을 무시하기 시작한 것이다.

이 일로 동바는 튤립과 카라에게 깊은 고마움을 느꼈다. 학교 다닐 때는 일진은 물론이고 일진이 아닌 아이들까지 동바를 괴롭혔다. 심지어 동바보다 어린 중학교 1학년 애들까지 동바를 가지고 놀았다. 그 누구도 동바를 편들어 주거나 보호해 주지 않았다. 동바는 친구 자체가 없었다. 이제 동바에게는 친구가 두 명이나 생긴 기분이었다.

저녁 배식과 인원 점검이 끝나고 7시가 지나자 침묵의 시간이 됐다. 지금부터는 그 누구도, 어떤 상황에서도 말을 할 수 없었다. 왜 이런 규정이 생겼는지는 아무도 모른다. 그냥 어떤 규정이 있으면 아이들은 무조건 그걸 따라야 했다.

말을 할 수 없기 때문에 아이들은 일찍 잠을 청했다. 하루 종일 탑을 쌓느라 지친 탓도 있었다. 동바는 아이들이 잠든 이 순간만을 기다렸다. 녀석은 팬티 속에 시커먼 손을 쑥 넣었다. 그러고는 뭔가를 조

몰락거렸다.

'너 뭐 해?'

그 꼴을 곁눈질로 본 카라가 깜짝 놀라 동바에게 손짓하며 물었다.
말은 절대 할 수 없었다.

'책 읽으려고.'

동바가 입 모양으로 이렇게 말했지만 카라가 알아먹을 리 없었다.
카라는 그 의미를 오해했다.

'너 미쳤어? 그만 둬. 더러워.'

카라가 손짓 발짓을 하며 동바를 제지했다.

'책 읽는데, 왜 방해해?'

동바는 카라를 무시하고 팬티 속에서 낮에 주운 책을 꺼내 더듬더
듬 읽어 나갔다. 카라는 그제야 동바의 의도를 알아차리고 한숨을 폭
내쉬었다. 하지만 곧바로 자기도 모르게 곯아떨어졌다. 동바는 검증
되지 않은 책은 멀리해야 한다는 주의 사항을 잊어버린 채 대놓고 책
을 읽기 시작했다. 글자 자체를 정말 오랜만에 보는 것 같았다. 오늘
부터 매일매일 꾸준히 읽기로 결심했다.

동바는 학교 다닐 때 공부를 썩 잘하지 못했다. 초등학교 5학년 때
였다. 똑같이 배워도 항상 다른 아이들과 다르게 이해하는 동바 때문
에 선생님은 늘 한숨을 쉬었다. 선생님은 애가 숫자는 제대로 아는지
의심스러웠다. 더하기, 빼기, 곱하기, 나누기는 너무나 먼 얘기였다.
일단 숫자부터 제대로 읽고 쓰는지부터 점검해야 했다. 선생님은 인

내심을 가지고 차근차근 동바에게 숫자를 가르치기 시작했다. 퇴근도 하지 않고 동바를 교실에 붙잡아 두었다.

"햄버거 다 먹었지? 자, 그럼 이제 1 써 봐."

"1."

"좋아, 잘했어. 이번엔 50 써 봐."

"50."

"와, 정말 잘하는데? 너 숫자를 모르는 게 아니구나. 좋아, 이번엔 좀 더 어려운 문제에 도전해 보자. 200 써 봐."

"200."

선생님은 기뻐서 "짝짝짝" 박수를 쳤다. 기쁨에 겨워 눈물까지 핑 돌 지경이었다. 동바가 숫자를 모를 것 같다고 걱정한 게 후회됐다. 이제 한 문제만 통과하면 동바를 그만 집에 보내 주기로 했다.

"마지막 문제야. 251 써 봐."

그때 동바의 머릿속에서 무슨 일이 벌어졌는지는 아무도 모른다. 동바 자신도 모를 것이다. 200도 쓸 줄 알고, 50과 1도 물론 쓸 줄 알았지만 251은 다른 문제였다. 동바는 망설였다.

"얼른 써 봐. 틀려도 괜찮아."

선생님이 동바를 안심시켰다. 머뭇거리던 동바는 용기를 얻어 숫자를 쓰기 시작했다.

"200501."

동바가 이해한 251은 이거였다. 200도 쓰고 50도 쓰고 1도 쓰는 것.

하지만 동바는 주변에서 아무리 비웃어도 늘 책을 읽었다. 그래서 돌무덤에서 주운 책을 팬티 속에 감췄던 것이다. 어쨌든 동바는 기쁜 마음으로 한 글자 한 글자 손가락으로 짚으며 읽기 시작했다.

책의 첫 페이지 첫 문장은 이렇게 시작했다.

시작은 두렵지만, 일단 시작하면 두려움은 놀라움으로 바뀐다.

신기한걸. 저건 동바도 아는 문장이었다. 동굴 현판에 적힌 문장과 똑같았기 때문이다. 아이들은 아침에 동굴을 나갈 때마다 저 문장을 읽고 나가야 했다. 아이들이 아침마다 외치기 때문에 외우기 싫어도 외워졌다.

책은 일반적인 책들과 달리 특이했다. 인쇄된 게 아니고 노트에 일기처럼 손글씨로 적혀 있었다. 그래도 읽는 데는 어려움이 없었다. 동바는 문장에 밑줄을 치려고 책에 끼워져 있던 몽당연필을 집었다. 마음에 들거나 어려운 문장은 밑줄로 표시해 뒀다가 여러 번 읽을 생각이었다. 하지만 그 밑줄이 어떤 놀라운 일을 불러오게 될 거라고는 상상도 하지 못했다.

자매
2

헌책방에 내다 팔기 전에 채리는 그 책을 읽어 보고 싶었다. 평소에도 책 읽기를 좋아했지만, 이제 학교에 갈 수 없는 데다 가난한 채리의 집에는 책이 거의 없었다. 그나마 있는 몇 권도 이미 여러 번 반복해서 읽은 후였다.

채리는 두근거리는 마음으로 첫 장을 펼쳤다.

시작은 두렵지만, 일단 시작하면 두려움은 놀라움으로 바뀐다.

첫 장에는 단 한 문장만 적혀 있었다. 무슨 의미인지 몰라 다음 장을 넘겼다. 책은 특이했다. 일반적인 책들처럼 인쇄된 게 아니고 일기장처럼 손글씨로 적혀 있었던 것이다. 글씨체가 깨끗해서 읽는 데는 어려움이 없었다.

내용은 소설도 아니고, 수필도 아니고, 동화 같지도 않았다. 도무지 정체를 알 수 없는 책이었다. 수수께끼처럼 짧은 문장으로 가득한 책이었다. 돌아가신 그분이 지은 책인가? 채리는 이 책의 정체가 궁금했다. 호기심을 느끼며 책장을 넘기던 순간 채리는 깜짝 놀랐다.

최후의 순간이 삶의 상처를 씻는다.

최후의 순간? 뭔가 꺼림칙한 걸 암시하는 문장 같은데? 그런데 이 문장에 밑줄이 그어져 있었던 것이다. 이건 죽은 그 사람이 그은 밑줄일까? 아니면 다른 사람이 그어 놓은 것일까? 왜 다른 데는 다 놔두고 저런 문장에 밑줄을 그은 것일까? 미심쩍기는 했지만 동시에 호기심이 생겼기에 채리는 다시 책 읽기에 몰두했다.

"언니 뭐 해? 몰래 혼자 뭐 먹는 거 아냐?"

동생 배리였다. 채리는 열여섯 살, 배리는 여섯 살이었다.

"뭐야, 책이잖아. 먹을 건 안 가져왔어?"

배고픈 배리가 칭얼거렸다. 아직 글을 읽을 줄 모르는 배리에게 책은 아무 소용 없는 물건이었다.

채리는 미안해져서 어쩔 줄 몰라 했다. 지금은 이 책을 읽을 때가 아니다. 얼른 헌책방에 가서 팔고 그 돈으로 옥수수라도 사 와야 했다. 하지만 헌책방에 넘기더라도 끝까지 다 읽고 난 뒤에 넘기고 싶었다. 채리는 그만큼 이 책을 꼭 읽어 보고 싶었다.

"언니, 나랑 밥 얻으러 가자."

배리가 꿀꿀이죽을 얻으러 가자고 보챘다. 근처 미군 부대에 가면 미군들이 먹을 걸 줄 때가 있다. 특히 배리처럼 어린 동생을 데려가면 그들은 못 본 체하지 못했다. 가끔 담배를 던져 주는 병사도 있었는데, 그건 아빠에게 드리면 좋아하셨다. 몸이 약해 담배를 못 피우는 아빠는 그걸로 먹을 걸 조금 바꿔 오시곤 했다.

"잠깐만."

채리는 지금 읽던 문장에 밑줄을 그어 놓았다. 배리와 꿀꿀이죽을 얻어 온 후에 그 부분부터 다시 읽을 생각이었다.

너희 중 굶주린 자가 내게 진심으로 청한다면 빵과 고기가 답할 것이다.

채리는 밑줄을 그어 놓고는 배리를 데리고 집 밖으로 나섰다. 비가 내리기 시작했다. 이런 날에는 군인들에게 먹을 걸 얻기 힘들었다. 보초 서는 병사가 호주머니에서 껌이나 초콜릿을 던져 주는 게 고작이었다. 마침 그런 게 있다면. 하지만 그런 것은 세 식구의 저녁 끼니가 될 수 없었다.

비가 오니 그만 집에 가자는 말도 차마 할 수 없었다. 여섯 살 난 동생 배리는 배가 고프다며 계속 칭얼거렸다. 어느 커다란 기와집 처마에서 비를 피하던 어린 자매의 배에서는 계속해서 "꼬르륵" 소리가 났다. 이 집에 사는 사람들은 부자겠지. 나처럼 배고프지 않겠지. 채리는 서러움에 눈물이 핑 돌았다. 기와집에서는 맛있는 냄새가 흘러나

오고 있었다.

마술이라도 부릴 수 있었으면. "짠" 하고 도깨비 방망이를 땅바닥에 두드리면 밥상이 차려졌으면. 아빠의 잃어버린 다리도 다시 돋아날 수만 있다면. 집에 돌아가 보니 예전처럼 엄마가 웃으며 반겨 줬으면. 하지만 현실에서는 그런 일이 절대 일어나지 않는다. 세상에 그런 일을 가능케 하는 사람은 아무도 없었다. 설사 있다 해도 채리는 아니었다.

비는 그쳤다. 처마 끝에서 빗방울이 뚝뚝 떨어져 채리의 어깨를 적셨다. 채리는 추웠지만 동생 앞에서 추운 티를 내기 싫었다.

"언니, 비 그쳤으니 얼른 가자."

배리가 재촉했다.

비가 온 뒤라서 길은 진창이었다. 군인들이 탄 지프가 지나갈 때마다 흙탕물이 튀었다. 지프의 바퀴 자국이 진창길에 깊이 상처를 냈다. 두 아이는 그런 길을 한 시간이나 더 걸어 부대에 도착했다.

부대 입구에서 보초를 서는 병사는 미안하다고 고개를 저었다. 오늘은 부대 전체가 훈련을 떠나서 아무도 없다는 얘기였다. 마음씨 착한 병사는 뭐라도 주고 싶었지만 주머니 속에는 아무것도 없었다.

채리와 배리는 낙담한 채 돌아섰다. 집으로 돌아가는 길은 부대까지 올 때보다 더 멀게 느껴졌다. 배리의 발이 진창에 움푹 빠져 발목까지 쑥 들어갔다.

"언니, 발이 안 빠져."

여린 힘으로 진흙의 힘을 이길 수는 없었다. 채리는 배리의 발목을 잡고 힘껏 당겼다. 그러자 발은 진창을 빠져나왔지만 빨간색 신발이 그만 쭉 찢어져 버렸다. 원래도 조금 찢어진 상태였는데 무리해서 발을 빼다가 더 찢어져 버린 것이다.

"언니, 나 어떡해. 이 신발로 어떻게 걸어가."

힘든 사람에게는 조그마한 시련도 아주 크게 느껴질 수 있다. 채리는 배리의 찢어진 신발을 보고 순간 울컥했다. 배리에게 새 신발을 사 줄 돈이 없었기 때문이다. 앞으로 배리는 찢어져서 덜렁거리는 신발을 신고 살아가야 한다.

동생을 위해 금세 눈물을 그친 채리는 배리를 등에 업었다. 배리의 야윈 몸이 깃털처럼 가벼웠다.

"집에 가자."

집에 간다고 먹을 게 생기는 것도 아니고, 배리의 새 신발이 생기는 것도 아니었다. 하지만 여기 이대로 있을 수는 없었다.

채리는 배리를 업은 채 진창길을 걸었다. 마른 땅을 걷는 것보다 몇 배는 더 힘들었다. 너무 허기진 데다 기력이 없는 탓에 배리를 업고 있는 것조차 힘겨웠다. 이대로 집에 돌아갈 수 있을지도 알 수 없는 상황이었다.

"너희들, 잠시 거기 서 봐."

누군가 채리를 불렀다. 처음 보는 여자였다.

"누구세요? 왜요?"

"집에 부모님 계셔?"

"……."

채리는 왠지 꺼림칙한 느낌이 들어 말을 섞고 싶지 않았다.

"너희들 고아야? 배고파? 나 따라갈래?"

"아니에요! 집에 아빠 계세요."

배리가 소리 지르듯 신경질적으로 대꾸했다.

"근데 왜 남의 집을 뒤졌지?"

여자는 툭 튀어나온 턱으로 채리를 가리키며 물었다.

"전 그런 적 없어요. 이만 비켜 주세요."

채리의 단호한 말에 여자는 순순히 뒤로 물러났다. 어차피 데리고 갈 고아는 차고 넘쳤다.

집으로 향하는 채리의 마음에는 그 불쾌감을 오래 담아 둘 만큼의 여유도 없었다. 당장 끼니가 더 걱정이었다.

앞으로 어떻게 살아가지…….

아직 어린 채리의 머릿속은 걱정으로 가득 찼다. 엄마는 이제 없고, 아빠는 일을 할 수 없다. 배리는 늘 배가 고프고, 채리는 할 수 있는 일이 없다. 어디 가서 일이라도 하고 싶었지만 폐허가 된 도시에는 이제 일자리도 없었다. 전쟁은 끝이 났지만 채리의 전쟁은 이제부터 시작이었다. 채리의 머릿속은 온통 배리의 찢어진 빨간 신발로 가득 채워졌다.

전쟁이 터지기 직전, 그러니까 채리가 막 중학교에 들어갔을 때만 해도 채리는 행복했다. 그때도 채리네 집은 가난했지만 행복했었다.
어느 날, 볏모를 잔뜩 실은 리어카가 논두렁 옆에 세워져 있었다. 채
리는 아빠가 리어카에서 볏모를 옮겨 논 속으로 들어가는 것을 보고
자전거를 세웠다. 아빠가 볏모를 들고 고랑과 평행하게 심으면 진흙
속에는 다섯 줄의 연두색 점선이 그려진다. 그 점선의 간격이 너무나
도 정확해서 채리는 그것을 볼 때면 수학 도형을 상상하곤 했다. 그렇
게 규칙적으로 늘어선 벼가 성장하고 가을이 되면 벼 이삭이 무거울
정도로 영글 것이었다. 아빠가 허리를 굽혀 땀 흘리고 있으면 등에 배
리를 업은 엄마가 저만치서 새참을 머리에 이고 다가왔다. 기억 속의
그 장면을 떠올릴 때마다 엄마 얼굴이 일그러졌다. 채리의 글썽이는
눈물 때문이었다.

밑줄을 긋다

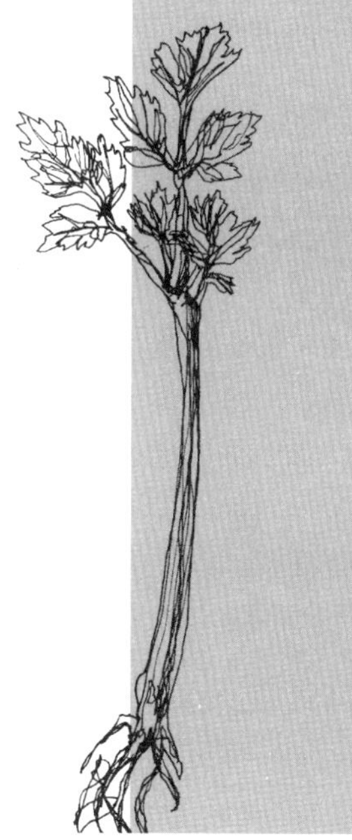

동바가 밑줄 친 부분은 두 군데였다. 하나는 "하늘을 향한 바벨탑도 무너지고"였고, 또 하나는 "너희 중 굶주린 자가 내게 진심으로 청한다면 빵과 고기가 답할 것이다"였다.

첫 번째 문장은 너무 무시무시해서 공포 영화를 보고 싶을 때 다시 읽으려고 밑줄을 그은 것이다. 탑이 무너지다니! 그것보다 더 무서운 일은 없었다. 두 번째 문장은 동바의 소원이기도 했다. 이상하게도 두 번째 문장은 예전에 누군가 뭉텅한 연필로 밑줄을 쳤다가 지우개로 지운 흔적이 있었다.

일이 벌어진 건 오후 2시쯤. 아이들 모두 지칠 대로 지쳐 있을 시간이었다. 그건 동바네 무리뿐만 아니라 흑장미 쪽도 마찬가지였다. 아무리 흑장미라고 해도 탑을 쌓지 않아도 되는 건 아니었다.

흑장미 일당이 탑을 쌓는 곳은 동바와 친구들이 영화를 쌓는 위치에서 백 미터쯤 떨어져 있었다. 그런데도 그 절망에 찬 비명 소리가 튤립과 카라의 귀에 생생하게 꽂혔다.

"안 돼!"

들꽃과 미나리가 땅바닥에 털썩 주저앉는 게 보였다. 흑장미는 머리를 쥐어뜯으며 명청하게 서 있었다. 주저앉은 녀석들 머리 위로 토탈이 날아와 수류탄 여러 개를 투하했다.

"쟤들 뭐하냐?"

카라가 물었다.

"우와, 탑이 무너졌어. 오늘 하루 종일 쌓은 탑이 무너져 버렸어. 쟤들 저거 다시 쌓아야 해. 못 쌓으면 저녁 못 먹어. 축복합니다."

튤립이 대꾸했다.

"정말이야?"

"정말 잘된 일이야. 행복합니다."

튤립이 만족스레 활짝 웃으며 말했다. 그러고는 잔뜩 신이 나서 팬터마임 춤을 췄다. 튤립은 자기가 춤을 잘 추는지 몰랐다. 대침묵 시간에 토탈에게 의사 전달할 때 써먹으려고 연습한 팬터마임은 어느새 멋진 춤으로 변했다.

"혹시 널 괴롭혀서 벌 받는 거 아냐?"

튤립이 그러든지 말든지 카라가 동바를 힐끗 보며 말했다.

"누가 날 괴롭혔는데?"

어휴, 말을 말자. 동바는 흑장미 일당에게 괴롭힘 당한 것도 어느새 까먹었나 보다. 녀석들이 곤경에 처했다고 좋아하고만 있을 수는 없었다. 탑을 마저 쌓아야 했다.

"동바야."

"응?"

튤립이 부르자 동바가 대답했다. 대답은 잘한다.

"너 이번에 돌무덤으로 가면 그 책 도로 파묻어 놔야 해. 그러고 나서 우리가 그 책을 방금 발견한 척해서 토탈한테 자수해야 해. 알았지?"

"응."

튤립과 카라, 동바는 탑 쌓는 곳에서 벗어나 한참 떨어진 돌무덤 쪽으로 걸어갔다. 그렇게 돌을 날랐건만 돌무덤에는 아직 엄청난 돌무더기가 남아 있었다. 자는 동안 토탈이 새로운 돌덩이들을 채워 두는 건 아닌지 의심스러울 정도였다.

"우리는 어른이 돼도 자식을 낳으면 안 돼."

카라가 돌을 집어 들면서 툴툴거렸다.

"왜?"

튤립이 물었다.

"걔들도 우리처럼 이 짓을 해야 할 테니까."

"왜?"

이번엔 동바가 물었다.

"넌 설명해 줘도 몰라."

카라가 톡 쏘아붙였다.

그때였다. 카라가 돌을 집어 들다 말고 비명을 내질렀다.

"으악! 이게 뭐야!"

그건 기쁨과 두려움이 뒤섞인 비명이었다.

튤립과 동바가 품에 안은 돌을 던져 버리고 얼른 카라 쪽으로 달려갔다.

"왜? 뭔데? 무슨 일인데? 먹을 거라도 주웠어?"

"여기 뭔가 수상한 게 있어. 여기서 바깥세상의 물건을 발견한 건 213일 만이야!"

카라가 소리를 질렀다. 카라의 손에는 신발이 한 짝 쥐어져 있었다. 어린아이 신발이었다. 아동용 신발. 빨간색인데 반쯤 찢어진 신발.

"이게 왜 여기 있지? 어린아이도 여기 끌려와서 탑을 쌓았나 봐! 이 피도 눈물도 없는 외계인들!"

카라가 신발을 흔들며 겁에 질렸다. 역시 이곳은 정말 악독한 곳이라고 생각하면서.

"신발 크기로 봐서는 정말 조그마한 아이가 신던 건데. 이거 뭔가 꺼림칙하다. 이렇게 작은 아이도 우리처럼 여기서 탑을 쌓았던 거야?"

튤립은 신발의 등장이 왠지 불안했다. 카라가 소리 지르는 걸 들은 할머니가 가까이 다가오고 있었다. 그 바람에 동바의 책을 도로 묻어 놔야 한다는 걸 셋 모두 까맣게 잊고 말았다.

할머니는 걱정이 됐는지 아이들 쪽으로 구부정하게 다가갔다.

동바는 이게 좋은 기회라고 생각했다. 이참에 할머니랑 대화해 보고 싶었다. 남들은 할머니 눈가의 칼자국 같은 흉터가 무섭다고들 하지만 동바는 별로 그렇지 않았다.

"할머니, 안녕하세요? 저희가 여기서 이걸 주웠는데요. 할머니는 이 신발이 여기에 왜 있다고 생각하세요?"

동바는 숨을 헐떡였다. 동바가 구사하기엔 비교적 긴 문장이었던 것이다.

"어디 보자꾸나."

할머니는 침침한 눈으로 신발을 찬찬히 살폈다. 하지만 깜빡 안경을 안 가져와서 자세히 볼 순 없었다.

"너희들, 잠시 나를 따라오겠니?"

어디로 가는지는 모르지만, 할머니의 말에 동바는 신이 났다. 나머지 둘은 오싹하게 겁이 났다. 두려움은 오두막에 가까워질수록 더 커졌다. 역시 이 할머니는 지하 비밀 기지의 사령관일까. 카라의 말이 옳은 것 같다. 이제 셋은 처벌받을 것이다.

오두막 앞에 도착하자 할머니가 뒤를 돌아보며 말했다. 빙그레 웃으니 눈가의 주름이 선명해져 칼자국이 사라진 것 같았다.

"모두 이리 들어오너라. 잠시라도 이 안에서 쉬렴."

따라 들어가고 싶지 않았지만, 할머니의 음성은 자석처럼 아이들을 안으로 끌어당겼다.

오두막 안에 들어서자 불이 켜졌다. 그러자 실내가 훤히 보였다. 작은 책상이 있었다. 책상 위에는 소설책이 여러 권 있었지만, 동바 빼고는 아무도 그 끔찍한 물체를 유심히 보지는 않았다.

그게 전부였다. 그 외에는 온갖 잡동사니밖에 없었다. 보아하니 돌무덤에서 주워 온 물건들 같았다. 오래된 빨래판, 오래된 괘종시계, 오래된 자전거 바퀴, 오래된 조각상, 오래된 옷가지, 오래된 액자, 오래된 부채, 오래된 모자, 오래된 달력……. 모든 게 오래되어 보였다. 누렇게 색이 바랜 달력의 날짜는 1958년 7월이었다. 정말 오래된 달력이군.

혹시 아주 옛날에, 그러니까 저 할머니가 소녀였을 때 우리들처럼 잡혀 온 걸까? 저 나이가 되도록 집으로 안 보내 준 걸까? 그렇다면 할아버지가 될 때까지 여기서 밝은 생각만 하고 밝은 언어만 사용하며 돌탑을 쌓아야 하나? 도대체 여기는 뭐 하는 곳이야!

"으악!"

혼자만의 상상에 사로잡혀 있던 카라가 비명을 질렀다.

"으아악!"

튤립도 덩달아 비명을 질렀다.

"무슨 일이야?"

동바는 무슨 상황인지 파악을 못해 어리둥절했다.

"쉿, 조용히 하자. 잡아먹히기 싫으면. 저 할머니는 정말 비밀 기지의 일원이었어. 어쩌면 내 가설처럼 사령관일지도 모르지."

카라가 오들오들 떨면서 튤립에게 속닥거렸다. 동바는 그 녀석들의 반응을 이해할 수 없었다. 동바 눈에 할머니는 그냥 오래 산 사람 같아 보였다. 나이가 70대 후반은 돼 보였다. 어쩌면 80대 초반일 수도 있었다. 아무튼 할머니였다. 그리고 어딘지 모르게 많이 아파 보였다. 며칠 후에 돌아가신다 해도 이상할 게 없을 정도로. 카라와 튤립의 할머니들이 60대 후반이니까 사령관은 거의 모든 할머니들의 언니 같아 보였다. 어쨌든 괴물처럼 보이지는 않았다. 그냥 할머니였다. 저렇게 아파 보이는 할머니가 아이들을 해치는 외계인일 것 같지는 않았다.

"저 달력을 발견한 아이들은 큰 선물을 받았단다."

할머니가 손가락으로 오래된 달력을 가리키며 말했다. 목소리는 앙칼지지 않았고 오히려 인자한 느낌을 주었다. 그 목소리는 겁에 질려 있던 튤립과 카라를 진정시켰다. 게다가 선물이라니! 아이들의 가슴이 두근두근 뛰었다. 자기들이 주워 온 이 빨간 신발 덕에 큰 상을 받기를 기대하며.

"그래, 뭘 주워 왔다고?"

"사령관님, 제가 주웠어요! 제 이름은 카라입니다. 카. 라."

카라가 자신 있게 손을 번쩍 들며 말했다.

"사령관? 하하! 날 왜 사령관이라고 부르지?"

카라는 두려워서 침을 "꼴깍" 삼켰다. 말실수라도 했다가는 토탈이 저 문을 거칠게 부수고 들어올 것 같았다.

"죄송합니다, 총사령관님."

카라는 총사령관을 사령관이라고 부르는 무례를 범한 것 같아 사과했다.

할머니는 또 웃었다.

"왜 날 총사령관이라고 부르는 게냐."

"그, 그게…… 긍정적인 언어라서……."

그 말에 할머니는 뭔가 지긋지긋해 하는 표정을 지었다.

"긍정적 언어라니, 그런 말 같지도 않은 건 집어치워 주겠니. 아이들은 그저 보고 들은 대로 말할 뿐이란다. 어른이 된다는 건 말의 편집 기술을 익혀 간다는 게지. 좋은 것이든 나쁜 것이든. 사람의 인생도 기억을 편집한 거란다. 좋은 것이든 나쁜 것이든. 나를 정 부를 말이 없으면 그냥 할머니라고 불러도 좋다."

할머니라니, 얼마나 푸근한 느낌을 주는 꿈인가. 저기에 속아선 안 돼! 카라는 마른 침을 "꼴깍" 삼켰다.

"나는 이 부근에서 태어나 여기서 평생 살던 사람이야. 난 그걸 찾기 전까지는 이곳을 떠날 수 없단다. 그래서 너희들처럼 평생 돌을 뒤지고 있었지. 그런데 어느 날 '위원회'라는 사람들이 몰려오더니 날더러 이제 여기 접근하지 말라더구나. 여기다가 용광로라는 걸 짓는다고. 나는 그게 제철 공장인 줄 알았지. 나는 여기서 못 나간다고 버텼고."

이 부근에서 평생 살았어? 할머니는 이 행성의 토박이였군. 역시 외계인이 맞아! 마음씨 착한 할머니인 척 연기하지만 거기에 속아서는 안 돼! 절대 내 속마음을 말해선 안 돼! 카라는 이렇게 생각하고는 외계인의 치밀한 감시에 혀를 내둘렀다.

할머니는 말을 이었다.

"그들이 나를 협박하기에 나도 협박 좀 해 줬지. 한 번만 더 성가시게 굴면 여기서 일어난 일들을 기록해서 신문사와 출판사로 보내겠다고. 너희들을 촬영하는 유튜버라는 녀석 있지? 개 영상은 어차피 아무도 안 봐. 그래서 문제될 게 없어. 하지만 난 이야기가 다르지. 난 한때 유명했던 소설가란다."

속으면 안 돼! 절대 저 말에 속으면 안 돼! 그리고 뭐, 소설가라고? 소설가! 책을 읽는 것도 큰 죄인데 그걸 쓰는 사람이란 말이잖아. 역시 위험한 할머니야. 어쩌면 너무 위험해서 토탈마저 어쩌지 못하는 것일 수도 있어. 애들아 조심해야 해! 카라는 눈짓으로 동바와 튤립에게 경고했다. 동바는 경고를 어떻게 이해했는지 윙크를 세 번 했다.

"너희들에겐 미안하지만, 용광로에 관심을 가질 만큼 내겐 시간이 많지 않단다. 침묵하는 조건으로 날 내버려두겠다는 약속을 받았어. 난 그저 평생 동안 뭔가를 찾고 있을 뿐이야. 그 세월이 벌써 까마득하구나. 아까 너희가 비명을 질렀을 때는 누가 다쳤나 싶어 다가갔던 거야. 아무튼 어디 보자. 어떤 신발을 주워 왔는지. 아깐 안경이 없어서 자세히 못 봤단다."

할머니는 카라가 주워 온 물건에 별 기대를 안 했는지 시큰둥하게 말했다.

"여기 있습니다, 할머니."

카라가 빨간 아동용 신발을 앞으로 내밀었다. 할머니는 안경을 끼고 유심히 살펴보기 시작했다. 그 순간, 할머니의 눈빛이 흔들렸다. 동바는 그것도 할머니가 눈짓으로 뭔가 신호를 보내는 건 줄 알고 윙크를 세 번 했다.

"이, 이, 이걸 어, 어디서 주웠니?"

할머니는 말을 더듬거리며 카라에게 물었다. 반응이 나쁘지 않은 것 같았다. 카라는 어깨를 으쓱하며 돌무덤에서 주웠다고 했다. 당연한 일이었다. 허구한 날 돌무덤만 파고 있는데 거기서 줍는 게 당연했다.

할머니는 작은 신발을 건네받았다. 신발을 건네받은 할머니의 손이 떨리고 있었다. 아이들은 이상하게 생각하지 않았다. 나이 드신 분들은 원래 손을 떠는 법이니까.

하지만 뭔가 느낌이 이상했다. 할머니는 들릴 듯 말 듯하게 흐느끼는 것도 같았다. 아이들은 할머니가 왜 저러는지 영문을 알 수 없었다.

"뭘 원하니?"

할머니가 시선을 계속 신발에 두면서 아이들에게 물었다.

"배가 고프……."

튤립이 대표로 말하려고 했는데 카라가 잽싸게 끼어들었다.

"제가 주웠어요. 애들은 아무것도 안 했어요. 저는 집에 가고 싶어요. 제 이름은 카라입니다. 카. 라."

카라가 외쳤다.

할머니는 인자한 눈빛으로 카라를 보고는 가볍게 나무랐다.

"나도 보내 주고 싶단다. 하지만 이걸 주워 왔다고 집에 갈 수는 없을 거야. 여기 들어오는 절차는 간단하지만, 풀려나는 절차는 아주 복잡하거든. 위원회 심사에서 만장일치가 돼야 해. 그들이 아직 일을 하고 있는지도 모르겠지만. 아무튼 내가 위원장 녀석에게 점수를 후하게 쳐 주라고 말해 주마. 그 녀석은 나를 두려워한단다."

"왜요? 할머니는 무서운 사람인가요?"

그럼 그렇지, 역시 총사령관이 맞았어. 오죽하면 위원장이 두려워할까 싶어 카라가 물었다.

"위원장 같은 인간들은 진실을 싫어해. AI 로봇이 하늘을 날아다닌다 해도 진실을 기록하는 문자는 강력하거든. 녀석은 내가 책에다가 진실을 써서 폭로할까 봐 내 눈치를 보는 거야."

어쨌든 집에는 못 간다니. 카라가 절망한 듯 머리를 축 늘어뜨렸다. 그 틈을 타 튤립이 끼어들었다.

"저희는 배가 고파요. 너무너무 고파요, 할머니!"

할머니가 빙그레 웃으며 대꾸했다.

"배고픔에 대해서는 나도 잘 알지. 배가 고파 보는 것도 좋은 경험이란다. 하지만 너무 오래 굶주려서는 안 돼. 오늘만큼은 너희가 배고플 일이 없을 것 같구나."

그렇게 해서 할머니 오두막에서 파티가 열리게 됐다. 아이들은 먹고 싶은 걸 종이에 적어서 냈다. 각자 세 개씩 적어 낼 수 있었다. 그러니까 총 아홉 개의 요리를 배 터지게 먹을 수 있게 된 것이다.

"피자, 치킨, 짜장면."

동바가 종이에 적어 냈다.

"치킨, 짜장면, 피자."

카라가 종이에 적어 냈다.

"짜장면, 치킨, 피자."

튤립도 종이에 적어 냈다.

종이를 받아든 할머니가 빙그레 웃었다.

"셋 모두 원하는 음식이 같구나. 그럼 세 개만 준비하면 되겠다."

그 말에 셋은 뛸 듯이 기뻐하다가 곧 실망했다. 아홉 개의 요리를 먹을 수 있었는데, 셋이 겹치게 적는 바람에 세 개밖에 먹지 못하다니!

어쨌든 오늘만큼은 최고의 날이었다. 여기 와서 처음으로 배 터지게 먹을 수 있게 된 것이다. 밥 따로 소금 따로 먹는 게 아니라 제대로 된 진짜 음식. 게다가 흑장미네 녀석들의 탑까지 무너지지 않았는가. 동바와 친구들은 배 터지게 먹고, 흑장미 일당은 저녁을 "꼬르륵" 굶게 생겼다. 이보다 좋은 일은 다시는 없을 것 같았다. 부른 배를 두드리며 돌아가면 동굴에 있는 녀석들이 치킨, 피자, 짜장면 냄새를 맡으며 괴로워 뒹굴 것이다.

　안녕, 용광로

치킨, 피자, 짜장면이 외계 행성까지 배달이 된다고? 카라는 음식을 우걱우걱 씹어 먹으면서도 의심을 거두지 않았다. 이건 분명 환각일 거야. 우린 캡슐을 삼키고 있을 뿐이야. 카라는 절대 의심을 풀지 않았다. 그러면서도 눈에서는 행복한 눈물이 흘렀다.

할머니의 선물은 하나 더 있었다.

"오늘 하루 수고했으니 내일은 푹 쉬도록 해라. 마음 같아서는 매일 쉬게 해 주고 싶구나. 위원장 녀석에게는 내가 말해 두마. 내일 하루는 내 일을 도와야 한다고 말이야. 너희들에게 벌점을 매긴다면 내가 가만히 있지 않겠다고 협박도 좀 섞어 주마."

음식을 먹던 아이들이 방방 뛰었다. 너무 기뻐서 하늘로 두둥실 날아갈 것 같았다. 용광로에 들어오고 처음으로 쉬어 보는 휴일이었다. 카라, 동바, 튤립의 부모들이 그런 것처럼 아이들은 늘 일해야 했다. 하지만 내일만큼은 아니었다. 오늘은 로팀 아이들의 용광로 인생 중 가장 기쁜 날이었다.

아이들을 잡아다가 실험을 한다던 외계 군단 총사령관은 사실 마음씨 착한 할머니였던 것이다. 이렇게 좋은 분이 왜 여기서 이러고 있는지 모르겠지만, 아무튼 할머니는 참 좋은 분인 것 같다고 아이들은 생각했다. 카라는 아직 전적으로 동의하지는 않았지만.

자매 3

채리는 배리를 업고서 진창길을 걷고 있었다. 집으로 돌아가는 길은 끝도 없이 멀어 보였다. 배리는 등에 업힌 채 배고프다고 계속 칭얼거렸다. 열여섯 살 채리에게도 굶주림은 힘든 일이었지만, 고작 여섯 살 난 배리에게는 훨씬 더 힘든 일이었다. 하지만 도저히 먹을 걸 구할 길이 없었다. 혹시나 땅바닥에 돈이 떨어져 있지는 않나, 하고 채리는 고개를 푹 숙인 채 걸었다. 그래서인지 채리의 모습은 한층 더 절망스러워 보였다.

"언니, 이게 무슨 냄새야?"

아까 잠시 처마에서 비를 피하던 집에서 왁자지껄한 웃음소리가 들렸다. 맛있는 냄새도 풍겼다. 하지만 그런 것들은 진창을 걷는 자매와는 상관없는 일이었다.

"언니, 나 배고파."

아까부터 칭얼거리던 배리가 음식 냄새를 맡자 더 심하게 칭얼댔다. 칭얼거림은 곧 울음으로 바뀌었다.

"나 배고프단 말이야!"

채리는 난감했다. 동생에게 아무것도 줄 수 없는데, 남의 잔칫집 앞에서 울음소리까지 낼 수는 없었다. 채리는 우는 동생을 어르면서 얼른 그 집 앞을 벗어나려고 했다. 그때 누군가 뒤에서 채리를 불렀다.

"얘."

"저요?"

길에는 아무도 없었기에 채리는 자기를 부르는가 싶어 뒤를 돌아봤다.

"여기 너희들 말고 또 있니. 이리 와 봐."

마음씨 좋아 보이는 아주머니가 채리를 불렀다.

"여기서 잠시만 기다려. 내가 뭘 가져다줄게. 아니다, 길이 진창이니 잠시 들어오너라."

채리는 시키는 대로 했다. 이 집의 누군가가 결혼을 하는 듯했다.

보아하니 혼례의 마지막 절차인 동뢰연이 열리려고 하는 모양이었다. 신부 집에 도착한 신랑이 기러기를 신부의 부친에게 전하는 의식이 행해지고 있었다. 그 의식 다음에 신부 집에서 혼인식으로 동뢰연을 마련하는 것이다. 신부 쪽에서는 탁자 두 개를 마당에 동서로 서로 마주보도록 설치하고 떡, 국수, 수저, 잔반을 앞쪽 첫 줄에 놓았다. 신랑 자리에는 떡을 북쪽에, 국수를 남쪽에 놓고, 신부 자리에는 그 반대로 차렸다. 그리고 생선과 육류 혹은 탕이나 구이를 중간에 놓았다.

생선은 북쪽에, 육류는 남쪽에 차렸다. 닭은 통째로 생선과 육류 사이에 놓았다. 식혜, 김치, 대추, 밤을 각각 한 접시씩 바깥 줄에 차렸다. 남쪽에는 따로 탁자 하나를 설치하고 술잔과 술 주전자를 놓았다.

전통 방식의 혼례 절차였다. 그래서 담 너머로 웃음소리가 들린 것이었구나.

"너희들도 저기 가서 앉아. 오늘은 기쁜 날이니 실컷 먹고 가거라."

이런 횡재가 있을 수 없었다. 부잣집 잔칫날에 초대를 받은 것이나 다름이 없었다. 채리는 배리를 앉혀 두고 푸짐한 잔칫상을 받았다. 채리는 잔칫상 앞에서 눈이 휘둥그레졌다. 전, 떡, 국수, 닭고기, 소고기, 돼지고기, 생선, 식혜, 과일들이 한가득 있었다. 배리는 작은 손을 뻗어 정신없이 먹기 시작했다. 채리는 음식들을 먹기 전에 따로 싸 놓았다. 아빠에게 갖다 드려야 했다.

그때 채리의 머릿속에 뭔가가 스쳤다.

너희 중 굶주린 자가 내게 진심으로 청한다면 빵과 고기가 답할 것이다.

배리가 나가자고 보채는 바람에 연필로 밑줄을 그어 놓은 문장이었다. 그 다음부터 읽으려고 표시를 해 둔 것이다. 그런데 우연도 이런 우연이 있을 수 없었다. 정말 그 문장대로 됐기 때문이다. 그럴 리는 없지만 채리는 잠시 행복한 상상을 해 보았다. 밑줄을 긋는 대로 일이 이루어지면 얼마나 좋을까, 하고. 채리는 굶주렸던 배를 채워 가

며 계속 상상했다. 이런 행복한 상상을 해 보는 것도 정말 오랜만인
것 같았다. 비는 완전히 그쳤고, 아이들의 배는 점점 불러 오고 있었
다.

치킨, 피자, 짜장면

아이들의 배가 점점 불러 오고 있었다. 튤립의 배는 농구공처럼 크고 동그랬다. 카라의 배는 축구공만 했다. 동바의 배는 럭비공 같았다. 훌륭한 할머니와 맛있는 음식과 휴식…… 매일이 오늘 같기만 하다면 아이들에게 이 용광로는 원래 다니던 학교보다 나았다. 진짜 학교에 다닐 때는 이렇게 좋은 날이 없었다.

"다 먹었어요."

튤립이 배를 두드리며 말했다. 팬터마임 춤도 못 출 정도로 배가 빵빵해졌다.

"정말 잘 먹었어요. 제 덕분이긴 하지만요."

카라가 또 손을 번쩍 들며 말했다.

동바는 찢어진 신발을 주워 온 것으로 이렇게 풍성한 선물을 받는 걸 보며 감격했다. 찢어진 신발도 이 정도인데, 책을 주워 오면 더 큰 선물을 받을 것 같았다. 그래서 카라처럼 손을 번쩍 들었다. 튤립과 카라는 불안해졌다.

"할머니."

동바가 할머니를 불렀다. 튤립과 카라는 불안한 눈빛으로 동바를 곁눈질했다.

"왜 그러냐."

"책을 주워 오면 뭘 주시나요?"

그 말에 튤립과 카라는 기절할 뻔했다. 그제서야 생각난 것이다. 동바가 주운 책을 아직 토탈에게 보고하지 않고 팬티 속에 숨기고 다닌다는 것을. 지금 보고하면 절대 안 된다. 돌무덤에서 줍는 척하면서 토탈에게 보고해야 한다. 여기서는 절대 안 된다. 할머니가 위원장에게 뭐라고 할지 모른다.

역시나 책이라는 말에 순간 할머니의 눈이 날카롭게 번뜩였다. 정말이지 언어는 악의 근원인가 보다. 튤립과 카라는 바들바들 떨었다.

"책이라고?"

할머니가 동바를 뚫어지게 쳐다보며 물었다.

"네, 책 말이에요. 제가 책을 줍는다면 말이에요."

"왜 하필 책이지?"

"돌무덤에 책도 있을 수 있으니까요. 하하."

튤립이 끼어들었다.

"맞아요, 그런 나쁜 물건도 없으리라는 법은 없죠. 하하."

카라도 끼어들면서 동바의 입을 틀어막았다.

"네가 말해 보아라. 왜 하필 책이라고 말했지? 혹시 책을 본 적이 있니?"

동바가 뭐라고 말하려고 했는데 카라가 동바의 옆구리를 푹 찌르며 끼어들었다.

"얘 별명은 동바예요. 여기 오기 전에는 책 읽기를 참 좋아했거든요. 하지만 걱정 마세요. 탑을 쌓으면서 좋은 아이로 성장했어요. 이제 책 같은 건 안 봐요."

동바가 책 읽기를 좋아했다는 말은 사실이었다. 비록 글자를 더듬거리며 읽긴 했지만, 그래도 책을 읽을 때만큼은 행복했다. 그래서 동바도 고개를 끄덕였다.

"네, 맞아요. 저는 글자는 아직 다 모르지만 책을 좋아해요."

"그래서 책이라고 말했나 봐요."

튤립이 거들었다.

"그래서 네 녀석이 아까부터 내 책들을 힐끔힐끔 훔쳐봤구나."

동바는 고개를 끄덕였다.

"자, 이거라도 가져가렴. 네게 책을 줄 수는 없어. 그랬다가는 나도 여기서 쫓겨나게 될 게야. 위원장에게 좋은 구실을 주는 셈이지. 하지만 이런 거라면 상관없겠지. 하얀 종이에 뭘 채울지는 네가 알아서 하려무나."

할머니는 동바에게 새 노트 한 권을 줬다. 동바는 뛸 듯이 기뻤다.

"그나저나 너희들 몇 살이지?"

"열여섯 살이에요."

"좋은 나이구나."

뭐가 좋다는 건지. 탑이나 쌓고 있는데.

"왜 그러시죠, 할머니?"

튤립이 물었다.

할머니는 돌무덤 쪽을 손가락으로 가리켰다.

"혹시 돌무덤에서 책을 찾는다면 그 즉시 나에게 가져와 다오. 그렇게 해 주겠니?"

"혹시 누가 감추면요……?"

"그러지 않았으면 좋겠구나. 내겐 시간이 얼마 없어. 내 부탁을 좀 들어줄 수 있겠니? 책을 내게 갖다 준다면 나도 보답을 하겠다. 어떤 식으로든."

그럼 책을 숨기면 어떻게 되는 걸까? 궁금해진 카라가 물었다.

"누가 책을 찾아 놓고도 숨기면요?"

"그러지 않으리라 믿는다만, 만약 누군가 그런다면…… 내가 위원장에게 뭐라고 할지 해맑은 상상에 맡기마. 협박해서 미안하구나. 위원장 녀석을 상대하다 보니 말버릇이 이렇게 돼 버렸어. 아무튼 너희들에게 부탁하마."

아이들 셋의 등줄기에서 식은땀이 주르르 흘렀다. 역시 책은 정말 나쁜 물건인가 보다. 동바가 저렇게 멍청해진 것도 책을 읽어서 그런 것 같았다.

“저희들은 다 먹었으니 이만 가 볼게요. 건강하세요.”

마음 같아선 할머니 오두막에서 좀 더 오래 있고 싶었지만, 갑자기 겁에 질려 그럴 기분이 아니게 됐다. 동바가 책을 숨긴 걸 들켰다가는 해맑은 상상대로 될 테니까. 튤립이 벌떡 일어서며 카라와 동바를 재촉했다.

“그래요, 저희는 동굴로 가서 좀 쉬어야겠어요. 동바야, 가자.”

동바는 이미 농구공만 해진 배를 진정시키며 마지막 남은 피자 한 조각을 꾸역꾸역 입에 욱여넣고 있었다. 동바가 드디어 피자를 우물거리며 아이들을 따라 자리에서 일어섰다. 동바의 엉덩이가 배만큼이나 불룩했다. 팬티 속에 책을 감춰 뒀으니 당연한 일이었다.

“그럼 안녕히 계세요.”

“안녕히 계세요, 할머니. 또 뵙고 싶어요.”

아이들은 할머니에게 인사를 하고 오두막을 나오려고 했다. 그때 할머니의 날카로운 목소리가 오두막의 불안한 공기를 찢었다.

“잠깐! 거기 서 봐.”

“네?”

튤립이 돌아봤다.

“너 말고.”

“네?”

카라가 돌아봤다.

“너 말고.”

“저요?”

동바가 손가락으로 자신을 가리키며 물었다.

“넌 엉덩이가 왜 그렇지?”

할머니는 오리 궁둥이처럼 툭 튀어나온 동바의 엉덩이를 가리켰다.

아이들은 이제 모든 게 끝장이라고 생각했다.

‘해맑은 상상에 맡기마.’

‘해맑은 상상에 맡기마.’

‘해맑은 상상에 맡기마.’

할머니의 경고가 각자의 머릿속을 울렸다.

자매
4

채리는 눈물이 핑 돌 정도로 기분이 좋았다. 동생에게 이렇게 음식을 실컷 먹여 본 게 언제였는지 기억도 나지 않았다. 게다가 아빠한테 갖다 드릴 음식까지 따로 싸 두었다. 아빠가 끼니를 거른 채 기다리고 계실 테니 얼른 집에 가야 했다. 어쩌면 아빠가 마을 어귀까지 나와서 우리를 기다리고 있을지도 모른다.

"얼른 가자, 배리야. 아빠가 기다리실 거야."

배리는 기분 좋게 쫑알거리며 언니를 따라나섰다.

"언니, 매일매일 누군가 결혼했으면 좋겠어. 그것도 부잣집에서."

그때 채리의 머릿속에 다시 한 문장이 스쳤다. 집을 나서기 전에 그어 놨던 그 문장이었다. 정말 그 문장대로 일이 일어났다. 채리는 그 책을 발견하던 현장을 다시 떠올려 보았다. 이상한 분위기의 저택, 침대에 누운 채 죽어 있던 시신, 죽어가면서도 가슴에 껴안고 있던 책……. 그 사람은 집에 있는 수많은 책들 중에서도 채리가 주워 온 제목 없는 책을 껴안고 있었다. 왜 그랬을까……?

채리는 얼른 집에 가서 그 책을 다시 훑어 보고 싶었다. 혹시나 하는 마음에 밑줄을 다시 그어 보고 싶었다. 등에 업힌 배리는 어느새 곯아떨어져 있었다.

"아빠, 주무세요?"

집에 도착했는데 인기척이 느껴지지 않았다. 아빠는 잠을 자더라도 아이들의 소리가 들리면 벌떡 일어났다. 온전한 한 다리로만.

"아빠?"

아이들이 안방 문을 열어 봤지만 아빠는 거기 없었다.

채리는 어쩐지 불길한 느낌이 들었지만, 그건 느낌일 뿐이었다. 우리를 마중 나갔다가 서로 길이 엇갈린 것이라고 생각했다.

채리는 아직 잠들어 있는 배리를 이불 위에 눕혔다. 그러고 나서 살금살금 안방을 빠져나와 문제의 책을 펼쳤다. 전등은커녕 촛불 켤 형편도 안 돼서 달빛에 의지했다. 다행히 보름달이었다.

채리는 집중해서 책장을 넘겼다. 하지만 대부분이 평범한 문장들이었기에 굳이 밑줄을 칠 만한 곳이 없었다. 27쪽까지 훑어가는데, 안방에서 배리가 우는 소리가 들렸다. 자다가 깼는데 옆에 아무도 없어서 무서웠나 보다. 채리는 읽은 부분까지 표시를 해 두려고 무심코 밑줄을 그었다.

시간의 도착지는 모두에게 같다. 사랑하는 사람은 결국 반드시 떠나게 되어 있다.

대문 밖에서 소란스러운 소리가 들렸다. 동네 사람들 목소리였다.

"채리 있어? 집에 왔어?"

목소리를 들어 보니 옆집 아저씨 같았다. 배리가 울고 있어서 어느 쪽으로 먼저 가 봐야 할지 혼란스러웠다. 채리는 냉큼 안방으로 가서 배리를 업고, 대문 쪽으로 나가 보았다.

"무슨 일이세요?"

"큰일 났어. 너희 아버지가……!"

"우리 아빠가 왜요?"

"글쎄, 그게 말이야……."

"무슨 일인데 그러세요, 아저씨?"

그때 덩치 좋은 장정 한 명이 누군가를 등에 업은 채 채리네 집 쪽으로 달려오고 있었다. 등에 업힌 사람의 얼굴은 보이지 않았지만 아빠가 분명했다. 불길한 느낌이 들었다. 그때 채리의 머릿속에 스치는 한 문장이 있었다.

시간의 도착지는 모두에게 같다. 사랑하는 사람은 결국 반드시 떠나게 되어 있다.

무너지다

아이들은 동굴 바닥에 쓰러지듯 벌러덩 누웠다. 다른 팀 녀석들은 탑을 쌓느라 아직 돌아오지 않았다. 카라와 튤립은 맥이 탁 풀려 목소리조차 나오지 않았다. 그간 쌓인 피로까지 겹쳐 몸과 마음이 돌덩이처럼 무거웠다. 마음 같아서는 동바를 당장 요절내고 싶었지만 지금은 그럴 기운조차 없었다. 동굴로 돌아올 수 있었던 것만 해도 다행스러운 일이었다.

"너 거기 서 보거라."

아이들이 할머니의 오두막을 막 나서려는데 할머니가 동바를 불렀다. 할머니는 동바의 엉덩이를 수상쩍다는 듯 노려봤다. 할머니가 오리 궁둥이처럼 툭 튀어나온 동바의 엉덩이를 가리킬 때, 아이들은 이제 모든 게 끝장이라고 생각했다.

"너 엉덩이가 왜 그렇지? 어디 아프니?"

동바가 대답을 못하고 우물쭈물하자 카라가 동바의 배를 손가락으로 푹 찔렀다.

"뿡~. 뿌우우웅~. 뿡뿡~."

동바는 대답 대신 가스를 뿜었다. 용광로 옆 화산에서 뿜어내는 유독 가스도 이 정도는 아니었다. 아까부터 나올 것 같았는데 할머니가 싫어할 것 같아서 여태 참은 것이다. 가스는 쌓이고 쌓여 뱃속에서 엄청나게 큰 독 구름을 만들어 냈다. 이제 더는 참을 수 없었다. 조금만 더 참았다가는 배가 터져 버리든가 풍선이 되어 둥둥 떠다닐 것 같았다. 그때 카라가 손가락으로 배를 찔러 버린 것이다.

할머니는 그 냄새에 충격받아 정신을 잃을 것 같았다. 책상에 손을 짚고 간신히 버티고 선 할머니는 실신하지 않으려고 애를 썼다.

"어떻게 사람에게서 이런 냄새가 날 수 있니. 당혹스럽구나. 그나저나 혹시 엉덩이에 뭘 감춘 거니?"

할머니는 정말 힘들어 보였다.

"저기……."

동바 대신 튤립이 대답하려고 나섰지만 좋은 핑곗거리가 떠오르지 않았다.

"뭘 감춘 거냐니까."

냄새가 좀처럼 가시지 않자 할머니의 목소리는 더 힘겨워졌다.

동바는 엉거주춤한 자세로 파르르 떨고 있었다. 아까와는 달리 할머니가 무서웠다.

"이리 가까이 와 보렴. 아무래도 어디가 아프거나, 뭔가 수상한 걸

숨겼나 보구나."

이제 모든 게 끝장이었다. 열여섯 살 소년이 할머니의 나이가 될 때까지 이곳에서 탑을 쌓아야 한다. 그것이 아이들의 해맑은 상상이었다.

그때 카라가 손을 번쩍 들며 나섰다.

"할머니!"

"왜 그러느냐."

"쟤, 똥 쌌어요."

튤립도 더듬거리며 거들었다.

"맞아요, 그래서 이렇게 냄새가 심한 거예요. 얼른 가서 씻겨야 해요. 쟤 오늘 갑자기 너무 많이 먹어서 그래요."

그 말에 할머니는 현기증이 나서 더 이상 견딜 수가 없었다. 다 큰 녀석이 똥을 싸다니! 동바를 혼내 주고 싶었지만 더러워서 가까이 갈 수조차 없었다. 게다가 냄새가 너무 지독해서 환기부터 시켜야 했다. 조금만 더 지체하다가는 질식할 것 같았다. 하긴 동바가 토탈의 눈을 속여 엉덩이에 책을 감췄다는 걸 할머니가 상상이나 했겠는가.

"얼른 나가 주겠니."

아이들은 뒤도 안 돌아보고 오두막을 빠져나갔다. 동바가 남긴 냄새는 그 후로도 오래도록 그 방에 머물렀지만. 할머니가 급히 창문을 열러 갔을 때 동바는 할머니께 받은 노트 한 권을 슬쩍 하는 것도 잊지 않았다. 다 필요한 데가 있으니까.

그렇게 무사히 오두막을 빠져나올 수 있었다.

카라와 튤립은 이제 불안해서 견딜 수가 없었다. 저 문제의 책을 어떻게든 처리해야 했다. 하지만 오늘은 더 이상 돌무덤에 갈 일이 없고, 내일도 특별 휴가라서 돌무덤에 가지 않는다. 모레 다시 일을 시작할 때 돌무덤에 몰래 감췄다가 우연히 찾는 척을 해야 한다. 그때까지 저 책이 들통 나면 안 된다.

'너희들의 해맑은 상상에 맡기마.'

'너희들의 해맑은 상상에 맡기마.'

'너희들의 해맑은 상상에 맡기마.'

할머니의 경고가 귓전을 <u>으스스</u>하게 스쳤다. 동바 때문에 영원히 집에 못 가게 된다면 저 녀석을 절대로 용서할 수 없을 것 같았다. 그런데 집에 가면 뭐 하지? 집에 간다 한들 인생이 뾰족하게 변할 것 같지는 않았다. 그래도 집에는 가고 싶었다. 집에 가고 싶은 건 본능 같은 것인가 보다. 누구 하나 기다려 주는 사람은 없겠지만, 그래도 집만 한 데는 없었다. 연어도 기를 쓰고 집으로 돌아간다는데, 물고기한테까지 지고 싶지는 않았다.

"동바야!"

카라가 신경질적으로 동바를 불렀다.

"동바, 이 자식아!"

튤립도 동바를 불렀다. 규칙 제2조가 '욕하지 않는다'였지만 지금은 욕이 안 나올 수가 없었다. 게다가 지금은 동굴에 로팀밖에 없어서 듣는 사람도 없었다. 동바에게 마음껏 욕해도 된다. 하지만 동바의 슬픈 눈을 바라보니 마음이 약해졌다.

"너 얼른 그 책 해결해. 당장 가서 돌무덤에 묻어 놔."

카라는 동바에게 경고하고 나서 수면제라도 먹은 듯 순식간에 잠들었다. 튤립은 이미 잠들어 있었다. 피곤한 데다 음식까지 잔뜩 먹어 졸음을 참을 수 없었다. 늘 아무 생각이 없는 동바조차도 이날만큼은 엉덩이에서 책을 꺼내 볼 생각을 하지 못했다. 조심해야 한다는 걸 본능적으로 안 것이다. 동바도 팔베개를 하고 스르르 잠이 들었다. 얼마 만에 맛보는 낮잠인가!

아이들이 치킨, 피자, 짜장면만 먹어 대자 꿈에 햄버거가 나왔다. 친구들이 모두 자기를 잊은 것 같다며 훌쩍였다. 슬픈 햄버거는 피눈물까지 뚝뚝 흘렸다. 동바가 피눈물을 닦아 주었다. 그것은 케첩이었다. 동바는 햄버거에게 사과했다. 어느덧 해가 저물고 있었다.

하루 종일 탑을 쌓은 다른 조 아이들이 기진맥진해서 동굴로 돌아왔다. 소란스러운 소리에 동바와 친구들도 잠에서 깼다. 흑장미 일당이 자꾸 탑이 무너진다고 투덜거리며 동굴로 들어오고 있었다.

"신발, 왜 자꾸 탑이 무너지고 그러는 거야."

"악! 깜짝이야! 너희들 여기서 뭐 해? 탑은 안 쌓고 왜 여기서 자고 있어?"

들꽃이 튤립을 보고 소리를 "빽" 질렀다. 다른 무리의 아이들도 웅성거리며 동굴에 누워 있는 들꽃, 카라, 동바를 내려다봤다.

가뜩이나 열이 잔뜩 받은 흑장미였다. 어제부터 이상하게 다 쌓은 탑이 무너지는 것이었다. 쌓아 놓으면 무너지고, 다시 쌓으면 또 무너졌다. 탑을 천 개 넘게 쌓고 있지만 이런 일은 처음이었다. 아무리 조심조심 정성스레 탑을 쌓아도 탑은 계속 무너졌다. 녀석들은 무너진 탑을 계속 다시 쌓아야 했다. 그렇게 자기들은 고생을 하는데, 동바 무리는 동굴에서 낮잠을 자다니! 도저히 있을 수 없는 일이었다.

"너희들, 어떻게 된 건지 설명을 해 봐."

가뜩이나 화가 잔뜩 난 흑장미가 카라에게 물었다. 평소에도 흑장미를 겁내던 카라는 더듬거리며 말을 제대로 잇지 못했다. 그러자 잠에서 깬 동바가 대신 나섰다.

"할머니가 치킨, 피자, 짜장면을 사 주셨어."

저 바보!

튤립과 카라가 원망스레 동바를 쳐다봤다. 기분 안 좋아 보이는 흑장미를 자극할 필요는 없었다. 다 쌓아 놓은 탑이 무너진다는 게 어떤 기분인지는 튤립과 카라도 잘 알고 있었다. 생각만 해도 끔찍한 일이다. 그런 일을 겪은 녀석들 앞에서 치킨 타령을 하다니. 죽어 달라는 소리나 다름없었다. 튤립과 카라는 이 용광로의 규칙이 새삼 고마웠다. 규칙이 없었다면 그들은 이미 흑장미의 가시에 눈이 찔렸을지도 모른다.

흑장미의 눈에서 용암이 흘러내리는 것 같았다. 눈이 활활 불타오르고 있었다. 그런 눈빛으로 동바를 노려보는데 동바는 눈치 없이 더 엄청난 말을 해 버리고 말았다.

“우린 내일도 쉬어. 할머니가 주신 휴가야. 우리가 예쁜 신발을 주웠거든.”

“뭐! 신발?”

흑장미는 분노를 이기지 못하고 동굴 바닥에 철썩 주저앉고 말았다. 들꽃도 흑장미를 따라 냉큼 바닥에 주저앉았다. 미나리도 주저앉았다. 흑장미 일당이 쌓는 탑은 계속 무너지는데, 저 녀석들은 신발을 주워 휴가까지 얻다니!

흑장미는 도저히 이해할 수 없었다. 저 녀석들이 신발을 주운 건 행운이라고 치자. 그건 일어날 수 있는 일이다. 하지만 자기네 탑이 자꾸만 무너지는 건 있을 수 없는 일이었다. 투명 인간이 몰래 와서 탑을 무너뜨리는 게 아니라면 불가능한 일이었다. 아무리 견고하게 쌓아도 탑은 무너지고 또 무너졌다. 그래서 쉬는 시간도 없이 계속 일해야 했다.

탑은 신기하게도 토탈이 검사하러 오기 직전에 완성됐다. 토탈이 검사할 때는 무너지지 않았다. 다행이라면 다행이었다. 하지만 내일 또 탑이 무너질지도 모른다는 생각에 흑장미는 두려웠다. 살면서 뭔가를 겁내 본 적 없다고 큰소리치던 흑장미였다. 집에서는 엄마, 아빠를 겁내지 않았고, 학교 다닐 때는 선생님들을 우습게 봤다. 경찰이 경고를 할 때는 그 표정이 웃겨서 “하하하” 웃음을 터뜨리기까지 했다. 그런 흑장미가 드디어 두려워하는 게 생긴 것이다.

흑장미가 내일의 일을 걱정하며 저녁밥을 먹을 때, 로팀 아이들은

저녁도 먹지 않고 다시 단잠을 청했다. 배가 불러서 다른 걸 먹지 않
아도 됐다. 내일이 된다 해도 또 쉴 수 있으니 내일에 대해 걱정할 것
도 없었다.

자매
5

장례식은 단출하게 끝이 났다. 뒷산에 시신을 묻을 때는 옆집 아저씨들이 도와주었다.

채리와 배리가 잔칫집에 가서 실컷 먹고 늦게 돌아오던 날, 아빠는 걱정이 되어 동구 밖까지 목발에 의지해 절뚝거리며 나왔다. 해는 이미 졌고 주변은 온통 어두웠다. 아빠는 동구 밖 다리 위를 서성이며 딸들을 기다렸다. 다리는 나무로 만들어진 것이었다. 전쟁 탓에 여기저기 손상된 곳이 많았다. 전쟁이 끝난 지 얼마 되지 않아 아직 제대로 복구가 되지 않았다.

장례식이 끝나고 채리는 그 다리로 가 보았다. 아빠가 빠졌다는 구멍은 어른이 들어갈 수 없을 만큼 작았다. 그 구멍은 어린아이들이나 빠질 만한 것이었다. 그런데 아빠는 그 구멍에 빠져 익사했다. 아빠의 몸은 그만큼 작았던 것이다. 다리에서 떨어지면서 목발을 놓쳐 물속에서 다시 일어설 수 없었다. 물의 깊이는 고작 어른 허리 높이 정도었다. 하지만 다리가 없는 아빠는 그 깊이를 어쩌지 못하고 그대로 익사했다.

장례식이 끝나자 채리와 배리는 빈방에 남겨졌다. 아빠가 누워 있던 빈자리에는 아직도 온기가 남아 있는 것만 같았다. 채리는 가진 게 아무것도 없었다. 아빠가 살아 있다 해도 가진 게 없기는 마찬가지였지만, 이제는 정말로 빈털터리가 된 것 같았다. 배리는 배고프다고 칭얼거리지 않았다. 어제부터 굶었지만 여섯 살짜리 배리는 입을 꾹 다물고 있었다. 그때 채리의 머리에 뭔가 번뜩 떠올랐다. 채리에게 남은 게 하나 있긴 했다.

굶주림에 지친 배리는 어느새 잠들어 있었다. 배리가 자고 있는 사이에 얼른 다녀와서 밥을 해 줘야 했다. 채리는 두툼한 책을 집어 들고 일어섰다. 마저 읽고 싶었지만, 이 책마저 없어지면 더 이상 읽을 책이 한 권도 안 남지만, 배리를 위해서는 팔아야 했다. 하지만 이 책을 팔아 마련한 양식이 떨어지면, 그땐 뭘 먹고 살아야 하나…….

채리는 방 안에 우두커니 서서 미련이 남는 듯 그 책을 펼쳐 봤다. 조금만 더 읽어 보고 싶었다. 어째서 그 사람은 죽어가면서까지 이 책을 품에 안고 있던 것일까. 뭔가 비밀이 있는 책 같았다. 하지만 그 비밀을 알아내기도 전에 약간의 양식과 바꿔야 하는 상황이 됐다.

최후의 순간이 삶의 상처를 씻는다.

채리가 처음 발견한 밑줄이었다. 이 밑줄을 그은 걸로 추정되는 사람은 정말 저세상으로 떠난 후였다. 채리는 침을 "꼴깍" 삼켰다.

너희 중 굶주린 자가 내게 진심으로 청한다면 빵과 고기가 답할 것이다.

책장을 휘리릭 넘기자 전에 밑줄 그었던 문장이 눈에 띄었다. 채리는 자기도 모르게 미소를 짓고는 몇 장을 더 넘겼다.

텅 빈 방.

그 순간 채리의 온몸에 소름이 확 끼쳤다. 이제 정말 아빠 없이 어린 자매만 빈방에 남겨졌기 때문이다. 채리는 그다음 장으로 눈을 돌려 적당한 문장을 찾기 시작했다.

땅에 절망이 가득하다면 하늘에 희망이 가득하기 때문이다.

채리는 냉큼 그 문장에 밑줄을 그어 보았다. 이러는 자신이 바보 같기도 했지만 뭔가 알 수 없는 힘에 이끌린 듯 밑줄을 그었다. 그때였다.

"쿵!"

집 밖에서 뭔가 육중한 것이 떨어지는 소리가 들렸다. 그 바람에 자고 있던 배리도 놀라 깨어났다.

"언니, 무슨 소리야?"

"몰라. 나가 보자."

자매는 사립문 쪽으로 달려갔다. 잠시 후, 그들은 깜짝 놀라 입을 틀어막았다. 어떤 광경에 두 눈이 튀어나올 것처럼 커졌다.

동바가 좋아하는 문장들

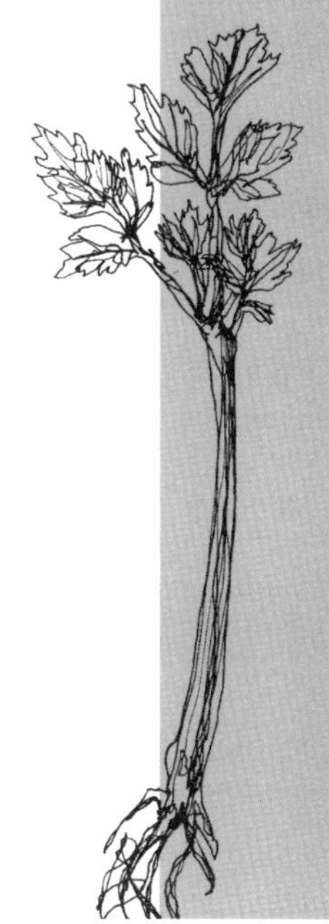

용광로에 들어오고 처음 쉬어 보는 날이었다. 아침 기상 시간이 되었는데도 튤립과 카라, 동바는 잠에서 깨지 않았다. 아침밥도 먹지 않았다. 다른 조 아이들이 경악스러운 눈으로 그런 녀석들을 쳐다봤다. 다들 녀석들이 너무 부러웠다. 자기들도 저 아이들처럼 돌무덤에서 꼭 뭔가를 주울 거라고 다짐했다. 하지만 세상일이라는 건 마음먹는다고 다 되는 게 아니다.

"이 나쁜 신발들!"

들꽃이 사납게 짖었다.

흑장미와 들꽃은 언젠가 동바와 그 무리를 단단히 괴롭혀 주고 싶었지만, 당장은 자기 발등에 떨어진 불부터 꺼야 했다. 쌓아 놓은 탑이 며칠 전부터 계속 무너졌기 때문이다. 녀석들은 동굴 출입문 위의 삼행시를 한 번 노려보고는 투덜거리며 밖으로 나갔다.

다른 아이들이 탑을 쌓으러 떠나고 한참 지난 오전 9시쯤, 로팀 아이들은 여전히 자고 있었다. 동바는 화들짝 놀라며 자리에서 벌떡 일어났다. 급하게 옷을 입었다. 그 바람에 튤립과 카라가 부스스 잠에서 깼다.

"동바야, 뭐 해? 왜 더 안 자?"

튤립이 물었다.

"뭐야, 너 때문에 잠에서 깼잖아."

카라가 투덜거렸다.

"생각났어."

동바가 머리를 툭툭 치며 말했다. 동바는 뭔가 마음이 급해 보였다.

"뭐가 생각나?"

"얼른 집에 가야 한다는 거."

튤립과 카라는 어이가 없었다. 용광로에 들어온 이상 아무도 집에 가지 못한다. 탈출하다가 발각되면 무슨 일을 당할지 모른다. 애초에 갈 수도 없다. 걸어서 이 지구만큼 큰 황야를 뚫고 탈출하기란 불가능하다. 목이 말라 죽든 배가 고파 죽든 죽을 게 뻔하다. 용광로를 탈출한 해바라기는 저 황무지에서 진작에 죽어 버렸을 것이다. 하지만 여기선 적어도 밥과 물은 준다.

"왜 당장 가야 하는데?"

튤립이 이유나 들어 보자는 식으로 물었다.

"엄마가 기다릴 거야. 엄마는 나 없이는 화장실도 가기 힘들어하셔. 형도 집에 없거든."

동바의 엄마는 이삿짐센터에서 일하다가 큰 사고를 당했다. 계단에서 굴러 다리를 크게 다쳤지만 제대로 된 치료를 받을 수 없었다. 그후 정부에서 주는 보조금으로 동바와 살아가고 있었다. 원래는 형도 같이 살았다. 형은 오토바이를 타고 배달 아르바이트를 했다.

하지만 배달 나간 형은 어느 날 돌아오지 않았다. 엄마와 동바는 형을 계속 기다렸지만 끝내 집에 오지 않았다. 배달을 아주 멀리 갔나 보다. 동바 역시 엄마에게 이렇다 저렇다 말도 못한 채 갑자기 이 용광로로 끌려왔다.

그날 동바는 늘 그렇듯 편의점 앞에서 혼자 형을 기다리다가 체포됐다. 형은 일하러 갈 때마다 동바에게 "엄마 놔두고 나가지 말고 나올 때까지 기다려"라고 했다. 그 말대로 기다리면 늘 형이 왔었다. 그런데 이번에는 조금 늦어지나 보다. 그래도 기다리면 올 거라고 생각하고 기다렸다. 동바는 형을 기다리며, 굶주린 채 동네를 떠돌던 강아지에게 밥을 주고 있었다. 그 떠돌이 강아지는 동바가 돌봐 주지 않으면 안 된다.

강아지에게 밥을 줬다고 잡아가는 걸까? 형을 기다렸다고 잡혀 온 것일까? 라면에 스프 넣는 걸 깜빡해서일까? 누군가가 동바를 신고했는지도 모른다. 동바가 학교 다닐 때 알던 애가? 옆집 아저씨가? 앞집 아줌마가? 편의점 아저씨가? 아무튼 동바는 모른다.

편의점을 나오니 차창이 시커먼 무인 자동차가 주차돼 있었다. 문에는 토탈 카(Total Car)라는 글씨가 큼지막하게 적혀 있었다.

"얼른 타. 내가 데려다줄게."

자동차가 말을 하네? 동바는 신기해서 손을 흔들었다. 그러자 뒷좌석 문이 저절로 열렸다. 정말 집까지 태워 주나 보다. 집은 바로 근처인데. 그래도 동바는 그 신기한 자동차를 한번 타 보고 싶었다. 동바가 뒷좌석에 앉자 자동으로 벨트가 채워졌다. 바로 내릴 건데 무슨 벨트야. 동바는 갑갑해서 벨트를 풀려고 했지만 풀리지 않았다. 벨트는 동바를 꽁꽁 묶어 버렸다. 이건 아니다 싶어 겁이 덜컥 났지만, 벨트 때문에 내릴 수가 없었다. 차창이 시커메서 밖이 보이지도 않았다. 밖에서도 차 안을 볼 수 없었다. 그때 불안해하지 말라는 듯 무인 자동차가 동바에게 말을 걸었다.

"아주 쉬운 수수께끼를 하나 낼게. 맞히면 벨트도 풀어 주고 집에도 보내 줄게. 넌 특별하니까 다른 아이들보다 훨씬 쉬운 문제를 내 주는 거야."

"좋아."

"'너'는 원치 않는 모습으로 태어나 살아야 하는 이유도 모른 채 버티다 원치 않는 때, 원치 않는 방식으로 죽게 된다. 그걸 직감한 '너'는 태어나자마자 울음을 터뜨린다. '너'는 누구지?"

동바는 문제가 너무 쉽게 느껴졌다. 누구라도 정답을 알고 있을 것 같았다. 이제 자기가 정답을 말하면 토탈 카가 벨트를 풀어 줄 것 같았다. 특별히 쉬운 문제를 내 준 토탈 카에게 고마웠다.

"정답이 뭐지?"

동바는 뜸들이지 않고 곧장 말했다. 엄마가 기다리니까 얼른 집에 가야 한다.

"정답은 '나'야."

"왜 그걸 정답이라고 생각하지?"

"네가 '너는 누구지?'라고 물었잖아. 그러니까 '나'지. 나는 나니까. 나에 대해 자세히 소개할까?"

무인 자동차는 대답 없이 출발했다. 안전벨트도 더 꽉 조였다. 동바는 갑갑해서 버둥거렸지만 소용없었다. 목적지는 용광로였다.

어떤 사람들은 비행을 범할 우려가 있는 청소년을 '어디론가' 보내야 하는 할당량을 채워서 좋았다. 편의점 주인은 꼴 보기 싫은 동바가 사라져서 좋았고, 앞집 아줌마는 버려진 개들에게 자꾸 밥을 주는 동바가 안 보여서 좋았다. 특히 편의점 사장이 쾌재를 불렀다. 동바는 구청에서 지급해 준 급식 쿠폰을 가지고 편의점에서 컵라면을 먹었다. 편의점 사장은 그게 꼴 보기 싫었다. 게다가 동바는 라면 국물도 흘려 놓는다. 동바가 휴지로 대충 닦아 놓긴 하지만 그래도 싫었다.

동바가 사라져서 모두가 행복해진 것 같았다. 동바 엄마만 빼고. 동바 엄마는 동바가 왜 사라졌는지, 어디로 보내졌는지, 언제 집으로 돌아올 수 있는지 누구에게도 설명을 듣지 못했다. 다리를 크게 다쳐 여기저기 찾으러 다니기도 힘들었다.

동바는 이제야 생각이 났던 것이다. 엄마가 걱정하며 자기를 기다린다는 걸. 그래서 집에 가려고 했다.

골치 아픈 설명은 튤립과 카라의 몫이었다. 일 없이 좀 편하게 하루를 지내 볼까 했는데 동바를 설득하는 새로운 일이 생긴 셈이다.

"다시 처음부터 말해 줄게. 우린 여기서 절대 나갈 수 없어. 위원회의 심사를 통과할 때까지."

"왜?"

"어휴."

벌써 두 시간째였다. 같은 대화를 두 시간째 하고 있었다. 튤립은 인내심을 갖고 처음부터 다시 설명을 시작했다. 잡혀 온 이유는 제각각 다르지만, 집에 갈 수 없다는 점은 똑같았다. 그리고 카라 말로는 탈출이란 곧 죽음을 의미했다. 그 말을 반박하면 카라는 "정 궁금하면 네가 시도해 봐. 때론 진실을 위해 목숨을 걸어야 할 때도 있어"라고 했다.

오후가 되어서야 동바가 현실을 깨우쳤다. 하지만 엄마가 걱정되는 건 어쩔 수 없었다. 엄마가 화장실을 혼자 갈 수 있을지, 밥은 잘 먹고 있을지 너무 걱정됐다. 하지만 자기가 해 줄 수 있는 건 아무것도 없었다.

"동바야, 내 말 잘 들어. 너 내 말 듣고 있어?"

이번엔 튤립이 나섰다.

"네 팬티 속에 감춰 둔 그 책 말인데, 내일 탑 쌓으러 갈 때 돌무덤에 꼭 숨겨 놔야 해. 그러고는 그걸 우리가 우연히 찾은 척해야 해. 알았지? 내일은 꼭 그 책 돌무덤에 숨겨 놓기다! 그걸 할머니한테 갖다

     안녕, 용광로

드리면 치킨, 피자, 짜장면보다 더 맛있는 걸 잔뜩 먹을 수 있을 거야.”

“……응.”

아무래도 불안했던 건지 카라도 거들었다.

“할머니가 얼마나 이상한 사람인지 너도 똑똑히 봤지? 자기가 소설 가라면서 책 얘기가 나오니까 목소리까지 떨었잖아. 책을 얼마나 싫어하면 즉시 자기한테 제출하라고 겁까지 주겠어? 책을 감춰 두다가 들키면 우리는 해맑은 상상대로 되고 말 거야.”

동바도 더 이상 그 책에 집착할 수는 없었다. 그 책으로 공부를 하고 싶었지만, 아무래도 돌무덤에서 다른 장난감을 주워야 할 성싶었다. 같은 조 아이들이 자꾸 잔소리를 하니 동바도 더는 버틸 수 없었다.

동바도 순순히 자기들 말을 따르자 튤립과 카라는 다시 낮잠을 청했다. 혼자 심심해진 동바는 아쉬운 마음에 팬티 속에서 책을 꺼냈다. 그러고는 할머니한테 얻은 노트에 그대로 베끼기 시작했다. 책이 별로 두껍지 않아 틈틈이 수고를 들이면 다 베낄 수 있을 것 같았다. 베껴 쓰는 동안 글자를 익힐 생각이었다. 그러면서 마음에 드는 문장에는 밑줄도 그었다.

정의는 비록 지각하더라도 오지 않는 법은 없다.

지당한 말씀! 이번엔 좀 어려운 것 같아서 몇 번을 반복해서 읽었다. 정의가 온다는 말이 마음에 들어 그 문장에 밑줄을 그었다. 그리고 마음에 드는 몇 개의 문장에 또 밑줄을 그었다.

외친 대로 메아리 돌아오고 바람 일으킨 자 폭풍을 거두리.

저 문장이 왜 동바의 마음에 들었는지는 모르겠지만, 아무튼 동바는 저기에 밑줄을 그었다. 정확히는 모르겠지만 왠지 못된 녀석이 벌받는다는 내용 같아서 좋았다. 몇 개의 문장에 누군가 연필로 밑줄을 그었다가 지운 흔적이 있었지만, 동바는 거기에 대해 아무런 의문을 품지 않았다.

일어서라, 너를 넘어뜨린 대지를 박차고. 의인이 너의 손을 잡아 줄 것이다.

동바는 마지막으로 이 문장에 밑줄을 그었다. 이유는 모르지만 왠지 이 문장이 퍽 마음에 들었다.

자
매
6

집 밖에서 뭔가 육중한 것이 떨어지는 소리에 채리와 배리는 뛰쳐나갔다. 그랬더니 쌀가마가 대문 앞에 떨어져 있는 게 아닌가!

"이게 뭐야!"

배리가 깜짝 놀라 외쳤다.

"누가 이걸 주고 간 거지?"

채리도 영문을 몰라 주변을 두리번거렸다. 하지만 아무도 보이지 않았다. 쌀가마는 쌀을 운반하던 차량에서 떨어진 것이었다.

"배리야, 아까 '쿵' 하던 소리가 들린 걸 봐서는 트럭에서 떨어진 것 같아. 하지만 이게 누구 쌀인지, 그 트럭이 어디로 갔는지 알 수가 없으니 돌려줄 수도 없어."

그때 채리의 머리에 뭔가 또 획 스치는 게 있었다.

땅에 절망이 가득할 땐 하늘에 희망이 가득하기 때문이다.

채리는 아까 시험 삼아 이 문장에 밑줄을 그어 보았다. 그러는 자신이 바보 같기도 했지만 왠지 그렇게 해 보고 싶었다. 그런데 정말 그대로 하늘에서 행운이 떨어진 것이다. 그러자 그간의 일들도 머릿속을 스쳐 지나갔다. 자신이 그 책에 밑줄을 긋는 대로 일이 벌어졌던 것이다.

"배리야, 내 말 잘 들어."

채리는 배리에게 그 책에 대해 아무에게도 말하지 말라고 신신당부했다. 그리고 그 책을 절대 열어 보지 말라고도. 어차피 배리는 아직 글을 모르니 책을 열어 본다 해도 내용은 알 수 없을 거라서 안심했다.

그 뒤로 채리에게는 많은 일이 생겼다. 이제 배고플 일이 없었다. 배가 고플 때면 책에 밑줄을 긋기만 하면 됐다. 그러면 돈이든 쌀이든 생겼다.

어떻게 그럴 수 있는지, 책이 무슨 마법을 부리는 건지 채리는 도무지 이해할 수 없었다. 그러니 이 행운이 왠지 불길하게 느껴지기도 했다. 하지만 어쨌든 당장에 동생과 살아갈 수는 있었다. 처음엔 약간의 양식만 얻길 바랐지만, 채리가 밑줄을 그으면 그을수록 자매는 점점 부자가 되어 갔다.

배리는 어느 순간부터 밥을 굶지 않는 것이 너무 좋으면서도 한편으론 이상함을 느꼈다. 언니가 무슨 일을 꾸미는 것 같아 불안하기도 했다. 고작 여섯 살밖에 되지 않은 꼬마 배리라고 해도, 갑작스러운 행운에는 이유 모를 불안감을 느꼈다.

그 즈음, 어린 자매를 바라보는 사방의 눈길들이 사나워졌다.

바람 일으킨 자, 폭풍을 거두리

그날 늦은 오후, 동굴 밖이 소란스러웠다.

"동바야, 얼른 책 감춰. 팬티 속에 숨겨!"

튤립이 속닥거리며 동바에게 경고했다.

동바가 책을 숨기자 호기심 많은 카라가 밖으로 나가 보았다. 흑장미와 들꽃이 머리에서 피를 흘리며 절뚝절뚝 걸어오고 있었다. 탑이 무너지면서 돌덩이에 맞은 것이다.

"이런 신발! 탑이 계속 무너지더니 이젠 우리가 다치기까지 하잖아!"

흑장미는 그런 상황에서도 욕을 할 수 없는 자신이 원망스러웠다. 규칙을 어길 수는 없었다.

"그래, 신발! 다쳤으니 내일 하루라도 좀 쉬었으면 좋겠어."

들꽃도 덩달아 툴툴거렸다.

"근데 왜 우리가 쌓는 탑만 자꾸 무너지는 거야?"

흑장미가 절망스럽게 한숨을 푹 내쉬자 그걸 듣고 있던 카라의 입가에 미소가 걸렸다. 정말 그랬다. 언제부터인가 흑장미 일당이 쌓는 탑은 완성되는 즉시 전부 무너졌다. 그래서 다시 쌓아야 했다. 그 때문에 쉬는 시간도 없었다. 원래 녀석들은 탑을 후딱 다 쌓은 뒤에 다른 아이들의 일터에 가서 그들이 탑 쌓는 걸 방해했다. 들꽃은 남의 탑에 오줌도 싸곤 했다. 하지만 해바라기가 사라지고부터는 누구 하나 찍소리도 하지 못했다.

"고장 난 휴먼, 당신은 보다 조심해야 합니다. 노 페인, 노 게인."

토탈은 동굴 입구에 소독 키트와 붕대를 떨어뜨리고 갔다.

흑장미와 들꽃은 눈을 부릅뜨고 동굴 안을 노려봤다. 동굴은 전등이 깜빡거려 을씨년스러웠다. 며칠 전에는 두어 시간 정전도 일어났었다. 전력이 불안정한 건 동바가 오기 전부터도 그랬다. 판옵테스 꼭대기를 번개가 여러 번 때리고 나서부터 용광로의 전력 상황이 시원치 않긴 했었다. 하지만 분명한 점은 동바 녀석이 오고부터 자꾸만 이상한 일이 벌어진다는 거다.

흑장미는 동바 무리가 정말 마음에 안 들었다. 미나리도 덩달아 눈에 힘을 줬지만 자기가 생각해도 별로 무서워 보일 것 같지는 않았다. 자기들은 다쳐가면서까지 하루 종일 고된 일에 시달리는데, 저 녀석들은 어제부터 쭉 쉬고 있지 않은가. 학교 다닐 때 같으면 흠씬 두들겨 패 줬겠지만, 여기서는 절대 그럴 수 없다. 저런 애들 몇 대 패 주는 대가치고는 돌아오는 벌이 너무 가혹했다. 규칙을 어기면 영원히 이곳을 나갈 수 없다.

속으로 고소해 하던 카라의 머릿속에 순간 어떤 의문이 스쳤다. 동바가 오고부터 용광로에 자꾸만 이상한 일이 벌어지는 것 같았기 때문이다. 정확히 말하면 동바가 그 책을 주운 뒤부터다. 카라와 튤립은 이곳에 있는 동안 과자 봉지 빼고는 뭘 주운 적이 한 번도 없었다. 그런데 동바 때문에 하루에 탑을 세 개나 쌓아야 했고, 그 덕분인지 빨간색 신발을 주워 파티를 벌였다. 게다가 흑장미 일당은 무슨 천벌을 받았는지 자꾸만 탑이 무너진다. 오늘은 다치기까지 했다.

"아냐, 그럴 리 없어. 내가 지금 무슨 생각을 하는 거야?"

카라는 고개를 저었다. 그러고는 일찌감치 잠을 청했다. 내일부터는 다시 탑을 쌓아야 하기 때문이다.

카라가 막 잠이 드는가 싶던 그때, 옆에서 비명 소리가 들렸다.

"아, 이런 신발!"

흑장미였다. 녀석이 구슬프게 비명을 지르며 울먹였다. 그 소리에 놀란 아이들은 잠에서 깨 텐트 밖으로 나왔다.

흑장미는 그때서야 자신이 큰 실수를 한 걸 깨닫고는 손으로 입을 틀어막았다. 저녁 7시가 지나면 동굴에서는 아무도 말을 할 수 없다! 토탈이 흑장미가 비명 지른 걸 들으면 녀석은 벌을 받게 된다. 흑장미는 냉큼 잠꼬대를 하는 척했다. 비명이 아니라 잠꼬대로 인식한 토탈은 펴기 시작하던 날개를 접고는 절전 모드에 들어갔다.

흑장미는 팬터마임처럼 몸짓 손짓을 하며 미나리를 가리켰다. 미나리는 그 소란스러운 외중에도 "쿨쿨" 자고 있었다.

'무슨 일이야? 왜 잠을 깨우고 그래? 된장!'

말을 할 수 없던 튤립이 손짓을 하며 흑장미에게 물었다.

'저 녀석이 오줌을 쌌어, 신발!'

흑장미가 미나리의 사타구니를 손가락으로 가리키며 입 모양으로 뻥긋했다.

'저 녀석이 어쨌다고?'

튤립이 무슨 말인지 몰라 다시 물었다.

'저 녀석이 오줌을 쌌다고! 내 바지에다. 신발!'

튤립이 흑장미 쪽을 쳐다보자 정말 흑장미 바지가 오줌에 젖어 있었다. 동바는 새까맣게 잊고 있었다. 자신이 아까 "숲에서 외친 대로 메아리 돌아오고 바람 일으킨 자 폭풍을 거두리"라는 문장에 밑줄을 그었다는 걸.

◇

다음 날, 미나리는 고개를 푹 숙이며 훌쩍였다. 오줌싸개가 되었으니 이제 다른 팀 아이들 앞에서 어깨에 힘을 줄 수 없게 됐다. 흑장미도 오줌싸개인 자신을 버릴지 모른다. 게다가 흑장미의 몸에 오줌까지 묻혔으니 용서받지 못할 수도 있다.

그뿐만이 아니다. 며칠 전부터 자꾸만 무너지던 탑은 오늘도 무너질 것 같았다. 미나리는 점점 더 이 용광로에서의 생활이 참기가 힘들어졌다.

미나리가 그러든 말든 동바와 친구들은 돌무덤으로 갔다. 돌무덤이 워낙 거대했기에 각 무리가 돌덩이를 캐는 곳 부근에는 다른 무리의 아이들이 아무도 없었다. 웬만큼 소리를 지르지 않는 한 다른 팀 아이들이 들을 수도 없었다.

"동바야, 이제 약속 지켜."

튤립이 말을 꺼냈다.

"뭘?"

동바는 그새 약속을 잊어버렸다.

튤립은 처음부터 다시 설명을 해야 하나 싶어 한숨을 푹 내쉬었다.

"네가 팬티에 숨겨 둔 책 돌무덤에 파묻기로 했잖아. 얼른 약속 지켜. 더 이상은 불안해서 못 살겠어."

동바도 약속을 생각해 냈다. 아쉽지만 그 약속을 지킬 수밖에 없었다. 동바는 오래된 친구와 이별을 하는 기분으로 마지못해 팬티 속에서 책을 꺼냈다.

"잘 가, 책아!"

동바는 책을 바닥에 툭 던지고 작은 돌멩이들을 그 위에 흩뜨리기 시작했다. 그때였다. 카라가 급히 동바를 제지했다.

"잠깐!"

"왜 그래, 카라야?"

튤립이 물었지만 카라는 대꾸 대신 그 책을 집어 들었다.

"책을 묻기 전에 내가 확인해야 할 게 있어. 너희들은 내가 미쳤다고 생각할지 모르겠지만, 책을 묻기 전에 내가 세운 가설을 꼭 확인해야겠어."

"또 그놈의 가설 타령이냐!"

튤립이 툴툴댔지만 카라는 그 책을 첫 장부터 살피기 시작했다.

시작은 두렵지만, 일단 시작하면 두려움은 사라진다.

첫 장에는 그렇게만 적혀 있었다. 카라는 소름이 확 끼쳤다. 동굴 출입문 위에 걸린 액자에도 정확히 그런 문구가 있기 때문이다. 카라의 손가락이 떨리기 시작했다. 카라는 튀어나올 듯 커진 두 눈으로 책장을 재빨리 넘겨 갔다.

하늘을 향한 바벨탑도 무너지고

바로 눈에 띈 문장이었다. 이 문장에 동바가 밑줄을 그어 놓은 것이다. 카라는 눈을 반짝이며 계속 페이지를 넘겼다.

너희 중 굶주린 자가 내게 진심으로 청한다면 빵과 고기가 답할 것이다.

동바가 또 밑줄을 친 문장이었다. 카라의 눈이 더 커졌다. 이제 더 이상은 커지기 힘들어 보일 정도였다. 카라는 다음 밑줄을 계속 찾고 있었다.

정의는 비록 지각하더라도 오지 않는 법은 없다.

다음 밑줄은 이 문장이었다. 카라는 어제 있었던 일을 떠올려 보았다. 이제 의심은 거의 확신이 되고 있었다. 카라는 페이지를 더 넘겼다.

숲에서 외친 대로 메아리 돌아오고 바람 일으킨 자 폭풍을 거두리.

이 문장을 확인하자 카라는 "헉!" 하고 비명을 지르며 너무 놀라 손에서 책을 떨어뜨렸다.

첫 번째 문장은 "하늘을 향한 바벨탑도 무너지고"였다. 그리고 용팀 녀석들의 탑이 무너지기 시작한 게 첫 번째로 일어난 기이한 일이었다. 두 번째 문장은 "너희 중 굶주린 자가 내게 진심으로 청한다면 빵과 고기가 답할 것이다"였다. 용팀 녀석들이 탑을 다시 쌓느라 고생을 하는 동안 자기들은 할머니에게 초대받아 맛있는 걸 실컷 먹었다. 다음 문장은 "정의는 비록 지각하더라도 오지 않는 법은 없다"였다. 어제 흑장미와 들꽃이 머리를 다쳐서 절뚝거리며 돌아오지 않았는가.

그다음은 "숲에서 외친 대로 메아리 돌아오고 바람 일으킨 자 폭풍을 거두리"였다. 간밤에 미나리가 오줌을 쌌다. 미나리는 늘 샤워실에 오줌을 싸 놓는다. 그 메아리가 돌아간 것인가? 마지막으로 밑줄이 그어진 문장은 "일어서라, 너를 넘어뜨린 대지를 박차고. 의인이 너의 손을 잡아줄 것이다"였다. 이 마지막 문장만 빼면 퍼즐이 맞춰진다.

그러니까 동바가 책에 밑줄을 긋는 대로 어떤 일들이 벌어진 것이었다. 믿을 수 없는 일이라고 해도 그 일은 무조건 벌어졌다. 이 책이 어떤 책인지는 모르겠지만, 아무튼 밑줄을 그으면 그대로 현실에서 실현되는 것이다! 책이란 건 정말 위험한 물건이 맞구나 싶었다.

그럼 마지막에 밑줄이 그어진 문장은 뭘 의미하지? 카라는 잠시 의문을 품었지만, 일단 책의 비밀을 푸는 데는 성공했다.

"이럴 수가!"

카라는 입이 떡 벌어졌다.

"이럴 수는 없어. 이건 꿈이야."

하지만 꿈이 아니었다. 그건 카라도 잘 알고 있었다.

"그게 정말이야? 그게 말이 돼?"

카라에게 설명을 다 들은 튤립은 믿을 수 없다고 손사래를 쳤다. 그러면서도 지금까지 일어난 일들이 너무나 기이했던 것만은 부정할 수 없었다.

"그런데 이 문장은 이상한데?"

튤립이 손가락으로 문장 하나를 가리키며 고개를 갸우뚱했다.

"아, 그거? 그건 나도 정말 의문이야. 그 문장이 뭘 의미하는지는 나도 도통 알 수가 없어. 그런 일이 일어난 적도 없고."

일어서라, 너를 넘어뜨린 대지를 박차고. 의인이 너의 손을 잡아 줄 것이다.

"숲에서 외친 대로 메아리 돌아오고 바람 일으킨 자 폭풍을 거두리"라는 문장 다음 순서로 동바가 밑줄을 쳐 둔 문장이었다.

"어쨌든 좋은 내용이잖아. 그냥 잊어버리자."

성격이 단순한 튤립이 웃으며 말했다.

"이건 축복일까, 재앙일까? 책이란 건 정말 무시무시한 물건이구나! 그래서 어른들이 아무 책이나 읽지 말라고 하는구나."

카라가 혼잣말로 중얼거렸다. 만약 그 책에 "지구가 멸망하면 좋겠어"라는 문장이 있고, 동바가 맞장구치며 밑줄을 그었더라면? 생각도 하기 싫어졌다. 지구는 진작 우주를 떠도는 먼지가 되고 말았을 것이다. 그러면 지구로 돌아갈 수도 없고, 이 행성에 평생 붙잡혀 있어야 한다.

소름이 쫙 끼친 카라와 튤립은 이제 이 책을 어떻게 해야 좋을지 고민하기 시작했다. 물론 동바와 함께 고민하지는 않았다. 동바처럼 아무 생각 없는 녀석에게 그런 위험한 책을 맡길 수는 없었다.

"이렇게 하자."

튤립이 제안했다.

마법

　카라와 튤립은 아직 죽지 않고 살아 있다는 사실에 너무나 감사했다. 저 위험천만한 동바 녀석이 엉뚱한 문장에 밑줄을 그었다면 무슨 불행이 닥쳤을지 모른다. 안도의 한숨을 내쉰 두 사람은 책을 일단 돌무덤 깊숙한 곳에 숨기기로 했다. 아무도 찾지 못하는 곳에. 이후 필요할 때마다 책을 꺼내 밑줄을 긋기로 했다.

　"아무튼 넌 가만히 있어!"

　카라가 동바에게 단단히 경고했다.

　"하지만 내가 찾은 책인걸."

　동바가 항의했다. 그래봤자 소용없었다. 튤립과 카라는 완강했다.

　"밑줄은 우리가 그을 테니까, 넌 이제 절대 책에 손대지 마!"

　카라와 튤립이 너무 사납게 으르렁댔기에 동바는 겁이 나서 더 이상 뭐라고 반항하지도 못했다.

　"자, 오늘은 무슨 일을 일으킬까?"

"일단 탑부터 완성해 놓자."

튤립이 "히히히" 웃으며 대꾸했다.

"그럴까? 그럼 이쯤에 밑줄을 긋자. 마침 적당한 문장이 있군."

돌무덤 한구석에서 튤립과 카라가 희희낙락 웃으며 조심스레 책을 펼쳤다. 동바는 등을 돌리고 망을 봤다.

수고하지 않고도 결과를 보리니.

"이런 멋진 문장이 있다니! 자, 이제 우리가 필요한 부분에만 밑줄을 그어 보자."

카라는 어떤 문장에서 다른 부분은 놔두고 "수고하지 않고도 결과를 보리니"라는 글자에만 밑줄을 그었다. 딱 저런 상황이 필요했으니까 의도적으로 문장을 편집한 셈이다.

"넌 정말 천재야! 어떻게 이런 걸 찾았어?"

"네가 페이지를 잘 넘겨서 그래, 튤립아."

튤립과 카라는 서로를 추켜세우며 "깔깔깔" 웃어 댔다.

셋은 정말로 탑이 완성됐는지 보려고 책을 다시 숨겨 두고는 일터로 갔다.

"헉!"

"이럴 수가!"

정말 새로운 탑 하나가 멋지게 세워져 있었던 것이다.

"저 탑이 왜 저기에 있는 거야? 우린 탑을 쌓지도 않았는데."

동바가 아이들에게 물었다. 어휴, 말을 말자. 둘은 동바를 보며 고 개를 절레절레 저었다.

"이제 우린 탑 쌓는 일에서 해방이야. 탑은 저절로 쌓일 거야!"

동바는 그게 무슨 말인지 도무지 이해할 수가 없었다. 왜 탑이 저절 로 쌓이는지, 아이들이 왜 저렇게 좋아하는지 이해할 수 없었다. 자기 책은 왜 빼앗겼는지도.

"그 책 몇 페이지야?"

튤립이 물었다.

저절로 쌓인 탑은 햇빛을 가려 주었다. 셋은 그늘에 앉아 노닥거 렸다.

"페이지 표시가 안 돼서 잘 모르겠어. 아마 180페이지쯤 될 거야."

카라가 대꾸했다.

"좋은 문장들이 많아야 할 텐데. 토탈이 고장 나는 문장이 있으면 좋겠어. 아님 마법의 책이랑 토탈이랑 싸움 붙이는 문장이 있든가."

"그러게 말이야."

그때 아주 멀리서 또 비명 소리가 들리는 듯했다. 흑장미네가 쌓은 탑이 또 무너진 것이었다.

하늘을 향한 바벨탑도 무너지고.

튤립과 카라는 저 문장을 생각하고는 "키키키" 키득거렸다.

"동바가 알고 보면 참 대단한 애야."

"맞아, 동바한테 이런 면이 있는 줄은 몰랐어."

둘은 "깔깔깔" 웃었다. 이제 이 책만 있으면 행복하게 지낼 수 있을 것이다. 더 이상 탑을 쌓지 않아도 되고, 배가 고프면 저번처럼 또 실컷 먹을 수도 있게 될 것이다. 튤립과 카라는 그렇게 믿었다. 하지만 튤립과 카라가 미처 예상하지 못한 일이 서서히 벌어지려 하고 있었다.

"고장 난 휴먼들, 벌써 탑을 다 쌓았군요!"

공중에서 소리가 들렸다. 토탈이었다.

"예!"

튤립과 카라가 자신 있게 대답했다.

"흑장미네 인간들은 또 탑이 무너져 애를 먹던데, 여기는 갈수록 실력이 느는 것 같군요. 노 페인, 노 게인."

토탈이 칭찬하며 공중에서 뭔가를 두 개 떨어뜨렸다.

"엎드려! 수류탄이야!"

카라가 다급하게 외쳤다. 그러고는 재빨리 아주 멀리까지 달려가 넙죽 엎드린 채 두 손으로 머리를 감쌌다. 이렇게 몸을 낮춰야 해. 땅에 떨어진 수류탄의 파편을 최대한 피하려면 땅바닥에 키스하듯 엎어져야 하는 거야. 카라는 평소 상상 속에서 훈련하던 대로 했다. 카라처럼 상상 훈련을 하지 않은 튤립은 그냥 본능적으로 그 자리에 웅크린 채 두 손으로 머리를 감쌀 뿐이었다. 뭐가 뭔지 모르는 동바는 그 자세 그대로 우두커니 서 있었다.

"동바야, 피해!"

카라가 날카롭게 외쳤지만 동바는 떨어지는 수류탄을 붙잡으려고 손을 뻗어 허우적거렸다. 야구공인 줄 알았나 보다.

폭발은 일어나지 않았다. 동바가 떨어지는 물체 두 개를 양손에 쥐었는데도 아무런 일이 일어나지 않았다. 동바가 양손에 쥐고 있는 건 풋사과였다. 카라와 튤립은 식은땀을 닦으며 간신히 자리에서 일어났다. 그나저나 셋이서 사과 두 개를 어떻게 나누지? 동바랑 튤립은 하나씩 먹고 카라는 안 먹고? 그럼 카라가 투덜거릴 거야. 동바랑 카라는 먹고 튤립은 안 먹고? 그럼 튤립이 가만히 있지 않을 거야. 그건 불공평하니까. 그럼 카라와 튤립은 하나씩 먹고 동바는 안 먹고? 그건 정말 나쁜 짓이야. 동바처럼 만만한 애 몫을 그렇게 빼앗을 수는 없어.

정말 난감한 문제였다. 튤립과 카라는 일단 동바에게 사과 한 개를 주었다. 목숨을 걸고 그걸 움켜쥔 아이는 동바니까. 동바가 잡지 않았다면 사과는 땅에 떨어져 다 박살났을 것이다.

"자, 이제 사과는 하나뿐이야. 우리는 두 명이고."

"응, 어떻게 하지?"

둘 다 배가 고팠다. 사과를 먹어 본 지도 한참 됐다. 그래서 둘 다 사과가 몹시 먹고 싶었다. 하지만 둘 중 누구도 양보할 생각은 없었다.

"아무래도 이건 내가 먹어야 할 것 같아. 내가 좋은 문장을 찾아서 밑줄을 그은 덕에 탑이 완성됐으니까. 토탈은 그 탑 덕분에 사과를 준 것이고."

카라가 말했다.

튤립은 지기 싫어서 고개를 저으며 대꾸했다.

"아냐, 그건 내가 페이지를 잘 넘겨 줘서 그런 거야. 내가 엉뚱한 페이지를 넘겼다면 넌 그 문장을 찾지 못했겠지! 그러니까 그 사과는 내 몫이야."

답은 나오지 않았다.

"동바 넌 어떻게 생각해?"

둘은 동바에게 물었다.

사과를 다 먹은 동바는 이 분쟁을 중재할 능력이 되지 않았다. 꺼벙하게 눈만 끔뻑거렸다. 어휴, 말을 말자. 둘은 분통이 터졌다.

결국 사과는 반으로 잘라서 먹기로 했다. 하지만 사과라는 게, 칼이 아닌 손으로 자르면 정확히 절반씩 나눌 수가 없다. 이번에는 조금이라도 더 큰 쪽을 누가 차지하느냐를 두고 튤립과 카라가 다투기 시작했다.

"이게 더 커. 그러니까 이건 내 거야. 넌 더 작은 걸 먹어."

"싫어. 내가 왜 그래야 해!"

이제는 사과가 문제가 아니었다. 자존심 싸움이었다. 둘은 사과 때문에 어느새 사이가 틀어져 버렸다.

그때, 흑장미네 아이들의 억장이 무너졌다. 또 탑이 무너진 것이다. 뭐가 문제인지 파악이 되지 않았다.

"미나리!"

흑장미가 미나리를 불렀다.

"너 학교 다닐 때 공부 잘했다며. 넌 머리가 좋으니까 이 문제를 해결할 수 있을 거야."

예전 같으면 미나리는 고민하는 시늉이라도 했을 것이다. 하지만 용광로에서 생활하면서 미나리는 너무나 빨리 이곳에 적응했다. 정신의 오염된 부분을 제거하고 깨끗한 마음을 회복하도록 돕는 용광로. 낡고 불량한 '나'를 녹여 새로운 자아를 주조하는 용광로. 용광로는 새사람을 찍어 내는 거푸집 같은 곳이었다. 미나리는 언제나 그랬듯 이곳에서도 재빨리 적응한 것이다.

"내가 어떻게 그걸 해. 노 페인, 노 게인."

"뭐? 방금 뭐라고 했어? 어떻게 그걸 해?"

"응, 난 공부만 잘하지 다른 건 못해. 노 페인, 노 게인."

흑장미는 기가 막혀 들꽃을 빤히 처다봤다. 어이없기는 들꽃도 마찬가지였다. 빵 셔틀을 하는 조건으로 같은 조에 끼워 줬더니 미나리 녀석이 왜 저런대. 게다가 토탈 말투까지 흉내 내고.

미나리는 어딜 가나 목소리 한 번 높여 본 적 없었다. 점잖아서가 아니라 겁이 많아서다. 미나리는 강자와 같은 편이 되는 게 유리하다는 걸 일찍부터 잘 알았다. 용광로에서의 강자는 흑장미였다. 그래서 흑장미의 보호를 받는 대신 빵 셔틀을 자처했다.

하지만 미나리가 밤에 오줌을 싸고부터 흑장미와 들꽃은 대놓고 미나리를 무시했다. 흑장미와 같은 팀이라서 누리던 특권도 사라진 것 같았다. 게다가 원래 '개나리'였던 자신을 '미나리'라고 부르는 것도 불쾌했다. 미나리는 이익과 손해에 대해 계산했다. 이런 취급을 받으면서 흑장미의 빵 셔틀을 하는 건 손해였다. 흑장미가 하라는 대로 다 해 주다가는 언젠가 탑을 쌓는 것도 자신에게 다 떠넘길지 모르는 일이었다.

돌탑이 자꾸만 무너지자 미나리는 흑장미가 다르게 보이기 시작했다. 이곳은 범죄를 저지른 아이들이 오는 곳이 아니다. 범죄를 저지를지도 모르는 아이들을 미리 '보호'하는 곳이다. 그래서 도저히 나쁜 짓을 할 수 없을 것 같은 동바 같은 녀석도 오게 되는 것이다. 이 말은 곧 흑장미는 단 한 번도 나쁜 짓을 한 적이 없다는 뜻이 된다. 그런 점에서 선생님에게 어떻게 했다는 둥, 어른에게 강도짓을 했다는 둥의 소문은 믿기지 않았다. 정말 그런 짓을 했다면 흑장미는 여기가 아니라 소년 교도소로 갔을 것이다.

"해결할 수 없어? 그럼 네가 다시 쌓아."

흑장미는 눈을 부라리며 으르렁거렸다. 역시 미나리의 예상이 맞았다.

"흑장미야, 고통 없인 얻는 것도 없어. 탑이 필요하면 네가 쌓아. 노 페인, 노 게인!"

"뭐야! 신발! 너 왜 그래! 미쳤어?"

들꽃도 버럭 소리를 질렀다. 일상적으로 허락되는 평균 데시벨을 초과했다. 토탈이 평균을 초과한 음성을 포착하고는 이쪽으로 날아왔다. 들꽃은 목소리를 죽였다. 평균치를 맞춰야 했다.

"너희 엄마가 널 여기 보낸 거라며? 특별 전형 자소서에 쓸 스토리 꾸며 내려고. 맞지? 흑장미한테 들었어. 한심한 자식. 스토리가 필요하면 내가 정말 특별한 걸로다가 만들어 줄게. 평생 잊지 못할 스토리로. 기대됩니다."

"너 후회할 거야. 축복합니다."

흑장미도 커다란 주먹을 흔들며 맞장구쳤다.

미나리는 덜컥 겁이 났지만 지금 와서 자신의 결정을 번복할 수는 없었다. 이럴 때일수록 토탈에게 더 바싹 들러붙어야 한다.

"탑이 자꾸 무너지는 건 너희들 때문일 수도 있어. 너희들이 날 고통스럽게 한다면, 난 토탈 님에게 갈 수밖에 없어. 노 페인, 노 게인."

◇

풋사과로 틀어진 둘의 갈등은 점점 깊어졌다. 처음엔 별것 아니었던 일도 갈수록 심각해질 때가 있지 않은가. 튤립과 카라의 경우가 그랬다. 시작은 고작 사과 때문이었지만 이제는 자존심 싸움이 됐다.

다음 날, 세 사람은 어김없이 돌무덤으로 갔다. 약속이라도 한 듯 튤립과 카라는 주변을 두리번거리며 누가 있지는 않나 살폈다. 동바도 덩달아 고개를 요리조리 돌려 주변을 살폈다.

"잘 있군."

카라가 책을 들어서 먼지를 툭툭 쳤다. 그러자 튤립이 카라 손에서 책을 낚아챘다.

"어제는 네가 밑줄을 그었으니까, 오늘은 내가 그을 거야."

튤립이 이렇게 말하자 카라가 대뜸 화를 내며 책을 도로 빼앗으려고 했다. 그렇게 둘의 싸움은 본격적으로 시작됐다. 동바는 어쩔 줄 몰라 엉거주춤하며 둘을 뜯어말리려고 했다. 하지만 동바는 두 사람을 이길 수 없었다. 카라와 튤립의 힘이 그렇게 센 줄 몰랐다.

"이거 놔!"

"너부터 놔!"

"너부터 놓으라고!"

"네가 안 놓으면 나도 안 놔!"

둘은 서로에게 절대 양보할 생각이 없었다. 책의 양쪽 귀퉁이를 붙잡고 옥신각신했다.

"그러다가 책 찢어지겠어!"

동바가 처음으로 화를 내며 소리를 "꽥" 질렀다. 그 책은 동바에게 소중한 것이었다. 집으로 돌아갈 때쯤엔 한글을 제대로 익혀야 했으니까. 책은 동바에게 큰 도움이 되어 주었던 것이다. 그런 책이 찢어져서는 안 된다. 동바가 소리를 지르자 둘은 간신히 정신을 좀 차렸다. 동바와는 다른 이유였지만, 두 사람에게도 그 책은 꼭 필요한 것이었다.

"내가 큰 걸 요구하는 거야? 어제는 내가 페이지를 넘기고 네가 밑줄을 그었으니까, 오늘은 바꾸자니까. 내일은 네가 밑줄을 그으면 되잖아."

튤립이 다시 한번 요구 조건을 말하자 카라도 더는 버틸 수 없었다. 튤립의 말이 옳았기 때문이다.

"좋아. 그럼 이제부터 페이지를 넘긴다."

카라는 말이 끝나기가 무섭게 책장을 재빨리 휘리릭 넘겼다. 너무 빨라서 튤립이 문장들을 살필 수 없었다.

"너 지금 장난해?"

"뭐가, 페이지를 어떻게 넘기든 내 맘이지."

"좋아, 그럼 나도 내일 그렇게 빨리 넘길 거야."

튤립이 협박하자 카라는 겁이 덜컥 났다. 그래서 책장 넘기는 속도를 조금 줄였다.

나는 너를……

그때 우리는 한껏……

커다란 재앙이……

이 세계가 무너지…….

악당이 힘을 쥐고…….

땅에 절망이…….

모험을 끝낸 아이들이 손을 잡고…….

카라가 책장 넘기는 속도를 줄이기는 했지만 여전히 빨랐다. 튤립은 문장을 제대로 읽을 수 없었다. 문장을 절반 정도 읽을 때쯤 카라가 책장을 마구 넘겨 버리는 것이었다. 튤립은 밑줄을 꼭 그어 보고 싶었다. 이 책의 특별한 힘을 조종해 보고 싶었다. 그건 카라도 마찬가지였다. 이 신비한 책의 힘을 자기만 써 보고 싶었던 것이다.

튤립은 다음 페이지에서 무슨 문장이 나오든 일단 밑줄을 그어 볼 생각이었다. 카라가 아무리 방해해도 꼭 해 보고 싶었다. 그래서 튤립은 몽당연필을 쥔 손가락에 힘을 꾹 주고는 책을 노려봤다. 카라가 페이지를 넘겼다. 튤립은 재빨리 밑줄을 그었다.

"앗!"

카라가 그렇게 방해했건만, 기어코 튤립이 밑줄을 그어 버린 것이다. 카라는 비명을 질렀다.

"좋았어!"

튤립은 만족스러웠다.

세 사람은 튤립이 밑줄을 그은 문장이 무엇이었는지 확인했다.

모두를 영원히 속일 수 있는 비밀은 없다.

"이게 무슨 뜻이야?"

동바가 물었다.

카라는 한숨을 푹 내쉬었다.

"맛있는 음식이 뚝딱 나오게 한다든가, 뭐 좋은 거 많잖아. 하필 이런 이상한 문장에 밑줄을 그어?"

튤립이 발끈하며 대꾸했다.

"네가 방해해서 그렇잖아."

이후로도 셋은 이렇게 돌무덤에서 시간을 보냈다. 탑은 쌓지 않았다. 어제 그어 놓은 문장 덕에 돌무덤에서 돌만 일터로 옮겨 놓으면 탑이 저절로 쌓였기 때문이다. 그만큼 휴식 시간이 많아진 것이다.

"너희들 많이 한가하다?"

그 소리에 셋은 깜짝 놀라 뒤를 돌아봤다. 흑장미였다! 이 녀석이 왜 여기에! 책을 들고 있던 카라가 얼른 책을 숨겼다.

"너 왜 여기까지……?"

튤립이 묻자 흑장미가 배시시 웃었다. 하이에나가 웃는 걸 실제로 본 적은 없지만, 만일 웃는다면 꼭 저런 모습일 것 같았다.

"그런데 너희들 시간이 남아도는 거 같다? 우린 맨날 탑이 무너져서 이 난리인데."

흑장미는 탑이 무너지지 않게 더 큰 돌을 구하려고 돌무덤을 쏘다니고 있었던 것이다. 하지만 그건 핑계였고, 사실은 돌을 찾는 척 그냥 쉬고 싶은 거였다.

"근데 카라 너, 뭘 숨기고 있는 거야?"

흑장미가 카라를 의심스럽게 쳐다봤다. 그 눈빛이 꼭 먹잇감을 발견한 뱀의 눈 같았다.

"수, 숨기긴 내가 뭐, 뭘 숨겨."

카라가 더듬거리며 대꾸했다.

"그럼 이리 와 봐."

"네가 오라면 내가 가야 해?"

어디서 용기가 나왔는지는 모르지만, 카라는 흑장미에게 반항했다. 책을 빼앗기느니 차라리 그쪽이 나았다.

"이야, 카라 너 이 신발아. 이리 안 와?"

"너 한 번만 더 나 위협하면 토탈한테 이를 거야. 된장!"

"신발아, 내가 너 때리기라도 했어? 내가 무슨 규칙을 어겼는데?"

흑장미는 카라를 때리지도, 욕하지도 않았다. 규칙을 어긴 게 없었다. 흑장미가 사납게 다그치자 카라는 겁이 나서 뒷걸음질 치기 시작했다.

"신발아, 얼른 안 와? 내가 간다!"

흑장미가 카라 쪽으로 다가가자 카라는 더 빨리 뒷걸음을 쳤다. 튤립과 동바는 그런 흑장미를 어떻게든 막아 보고 싶었지만 그럴 힘이 없었다.

"고장 난 휴먼들, 거기서 뭐하는 겁니까. 흑장미 인간은 왜 여기 와서 기웃거리는 겁니까."

토탈이었다! 토탈이 반갑기는 이번이 처음이었다. 저만치서 미나리가 손가락으로 V를 그리고 있었다. 배신자 미나리가 토탈에게 고자질한 것 같았다. 얼마 전부터 미나리는 토탈과 자주 얘기를 나눈다. 그 대화 내용이 뭔지 몰라 다들 불안해한다. 그때부터 미나리는 손가락으로 V를 그리며 이마에 갖다 댄다. 경례하듯 말이다. 그건 누가 봐도 토탈의 날개 모양이었다.

카라는 "휴" 안도의 한숨을 쉬었다. 그래서인지 진심으로 "감사합니다! 행복합니다!"라고 말했다. 그때였다.

"어어어어!"

뒷걸음치던 카라가 돌에 걸려 넘어졌다. 그 바람에 등 뒤에 감춰 뒀던 책이 땅바닥에 떨어졌다. 토탈과 흑장미의 시선이 그 책에 꽂혔다.

모두를 영원히 속일 수 있는 비밀은 없다.

튤립과 카라의 머릿속에 아까 밑줄을 그은 저 문장이 떠올랐다. 이제 모든 게 끝이다. 책은 빼앗기고, 규칙을 어긴 벌로 영원히 이 용광로를 나가지 못할 것이다.

"어라? 이게 뭐지! 삶은 놀라움으로 가득합니다."

카라가 순발력을 발휘했다. 마치 그 책을 방금 처음 발견하기라도 한 것처럼.

"토탈 님, 제가 넘어지면서 돌을 밀쳤는데요. 혹시 이 물체가 책이라는 건가요? 이게 돌 밑에 있었거든요. 세상에, 책이라니! 이제 어떻게 하죠?"

카라는 시치미를 뚝 떼고 능청스레 거짓말했다. 튤립과 동바는 혀를 내둘렀다. 어쨌든 카라의 작전이 나쁘지만은 않았다. 책을 할머니에게 갖다 바치면 책은 빼앗기게 되지만, 영원히 이 용광로에서 살아야 한다는 벌은 면하게 된다. 어차피 책이 들통난 이상 빼앗기는 건 당연한 일이었다. 벌이라도 면해야 했다.

"책에 대한 위원회의 특별 지시가 있었습니다. 책을 발견하면 할머니에게 제출하도록! 노 페인, 노 게인."

책이라는 물건을 보더니 토탈은 아이들에게 명령했다.

자매

7

책에 대한 소문이 돌았다. 누구는 책이 아니라 채리가 손에 쥔 몽당연필이 마법을 부린다고 했다. 누구는 말 같지 않은 소리 하지 말라며 똑똑한 척을 했다. 그러면서 그 헛소문이 거짓이라는 걸 밝히기 위해서라도 채리의 책과 몽당연필을 일단 보고 싶다고 했다.

가난한 고아들이 풍족해지고, 표정이 밝아지고, 옷차림이 말끔해지자 사람들은 의심스러워했다. 의심과 질투는 이런저런 소문을 낳았다. 소문은 곰팡이 포자처럼 순식간에 사람들 사이로 퍼져 나갔다.

"얘, 여기가 채리네 집이니?"

처음 보는 여자였다. 뒤에는 허수아비 세 개가 서 있었다. 그런데 가만히 보니 군청에서 나왔다는 공무원 한 명과 경찰 두 명이었다.

"누구세요? 언니 불러 드릴까요?"

배리가 언니를 부르자 채리가 나왔다.

"네가 채리구나. 우린 너희들을 보호하기 위해 찾아온 사람들이란

다. 너희처럼 어린아이들끼리 살아가는 건 위험해. 자, 나를 따라오
렴."

여자는 다짜고짜 자기를 따라오라고 했다. 공무원과 경찰은 계속
허수아비처럼 서 있었다.

"어디로요? 왜요? 저희는 그냥 여기서 둘이 살 건데요."

몇 번의 실랑이를 벌인 후 여자가 "빽" 소리를 질렀다.

"뭐해요! 애들 데려가지 않고."

그러자 허수아비인 줄 알았던 경찰 두 명이 채리와 배리를 붙들었
다. 배리는 겁에 질려 울음을 터뜨렸다.

시간의 뒤엉킴

튤립과 카라는 울상을 지었다. 이대로 할머니에게 끌려가면 꼼짝없이 책을 빼앗기게 된다. 울퉁불퉁한 길을 걷던 튤립과 카라는 돌멩이에 발목을 삐끗할 때마다 화가 치밀었다.

책은 동바가 갖고 있었다. 튤립과 카라는 한숨을 푹푹 내쉬며 그 책을 바라봤다. 이제 몇 분 후면 할머니의 오두막에 도착한다. 그럼 모든 게 끝이다.

"저 자식이 정말! 된장! 맛있습니다."

카라는 동바를 보며 부아가 치밀었다. 자기랑 튤립은 이제 책 없이 용광로에서 버텨 나갈 걱정에 한숨만 나오는데, 동바는 이 와중에도 책을 읽고 있었다.

동바는 취향이 독특했다. 늘 그렇듯 엉뚱한 문장들에 관심이 갔다. 동바는 주머니 속에서 몽당연필을 꺼내 밑줄을 긋기 시작했다.

너는 나를 닮게 되어

저 문장이 동바는 재밌게 느껴졌나 보다. 모두들 자기처럼 된다니, 생각만 해도 짜릿하지 않은가.

모험을 끝낸 아이들이 손을 잡고 웃는다.

이건 튤립과 카라를 위한 문장이었다. 두 아이가 화해하길 바라는 마음에서 밑줄을 그었다.

곧이어 할머니의 오두막에 도착했다. 이제 책을 할머니에게 바쳐야 한다. 그럼 또 치킨, 피자, 짜장면을 얻어먹겠지. 어쩌면 저번처럼 휴가를 얻을 수도 있겠지. 하지만 그 뒤로는 꼼짝없이 탑을 쌓아야 한다. 예전처럼 중노동에 시달리며 노예처럼 일해야 한다. 탑이 저절로 쌓이는 마법은 더는 없다. 튤립과 카라는 절망감에 눈물까지 글썽였다.

"무슨 일들이냐?"

"할머니, 저희가 돌무덤에서 이 끔찍한 걸 주웠어요."

카라가 눈물을 글썽이며 책을 가리켰다.

몇 초간 그 책을 물끄러미 보던 할머니의 눈이 곧 튀어나올 듯 커졌다. 할머니는 잠시 넋이 나간 듯한 표정을 짓더니, 곧 목소리마저 떨기 시작했다.

"제가 주웠어요, 할머니!"

카라가 힘없이 손을 들면서 말했다. 그러면 할머니가 뽀뽀라도 해 줄 줄 알았나 보다.

할머니는 카라를 쳐다보지도 않은 채 황급히 오두막 문을 "쾅" 닫았다. 세 사람은 현관문 밖에 우두커니 서 있었다. 책을 빼앗긴 마당에 치킨, 피자, 짜장면이라도 얻어먹고 가야 했다. 잠시 후 오두막 안에서 흐느끼는 소리가 들렸다. 할머니가 울고 있었다. 울음소리는 점점 더 커졌다.

아이들은 그 자리를 뜰 수도, 그대로 있을 수도 없었다. 대체 할머니가 왜 저렇게 슬프게 우는지 이해할 수 없었다. 한참 후에 오두막 현관문이 열렸다.

"들어오너라."

할머니가 셋을 안으로 불러들였다. 치킨, 피자, 짜장면을 먹을 분위기는 아니었지만 허락한다면 먹기는 할 생각이었다. 소화가 될지는 모르겠지만.

"이걸 너희가 주웠다고?"

할머니가 아이들에게 물었다. 눈가의 칼자국 같은 흉터를 따라 눈물이 흐르고 있었다.

"제가 주웠어요, 할머니."

카라가 힘없이 손을 들며 말했다.

할머니는 떨리는 목소리로 말했다.

“잘했다. 정말 잘했어. 내가 돌무덤에서 찾아다니던 바로 그 책이야!”

그러자 카라는 “그러시겠죠”라고 말할 뻔했다. 그렇게 매력적인 마법의 책이라면 할머니도 탐낼 만했다. 할머니는 아주 소중한 물건 다루듯 책을 책상 위에 올려놓았다.

“약속대로 너희들에게 선물을 주어야겠는데.”

아이들은 이번엔 뭘 먹을까 재빨리 머리를 굴리기 시작했다. 하지만 이제 저 책을 빼앗기고 탑을 쌓을 생각을 하니 입맛이 뚝 떨어지기도 했다.

“어쩌면 저는 햄버거가 먹고 싶을 것 같아요.”

튤립이 별 흥미를 못 느끼며 말했다. 이제 햄버거를 먹고 나면 힘들게 탑을 쌓아야 하니까. 마법을 부려 줄 책 같은 건 이제 없을 테니까.

“저는 아마 초콜릿이 당길걸요.”

카라도 힘이 쭉 빠져 대꾸했다. 기분 같아선 모래알을 씹어도 상관없을 것 같았다.

할머니는 빙그레 웃었다.

“햄버거? 초콜릿? 그런 건 집에 가서 먹도록 도와주마.”

“네? 집이요?”

셋은 일제히 소리 질렀다.

“그래, 너희들이 내게 큰 선물을 안겨 줬으니 나도 선물을 줘야지. 내가 위원회에 특별히 추천장을 써 주마. 너희들의 ‘반성’이 완료됐다고 말이야. 그 사람들이 아직 일을 하기는 하는 건지, 여기를 기억하기나 하는지는 확실치 않지만. 아무튼 최선을 다하마.”

아이들은 너무 기뻐 환호성을 질렀다. 비록 책을 빼앗기긴 했지만 집에 갈 수 있다는 생각에 토탈처럼 하늘을 날 것만 같았다. 이제 더 이상 탑을 쌓지 않아도 된다. 흑장미에게 위협당할 일도 없고, 들꽃에게 수모를 당할 일도 없다. 형편없는 음식, 소금과 굶주림에 시달리지 않아도 되고, 겨울에는 엄청 무겁고, 여름에는 그보다 더 무거운 돌덩이를 옮기지 않아도 된다. 비바람과 번개도 이제 겁나지 않는다. 화산과 염산 바다가 만들어 내는 천지 창조를 보지 않아도 된다.

“감사합니다, 할머니! 정말 감사합니다!”

아이들은 연신 허리를 굽혀 할머니에게 인사했다. 감사하다는 의미이자 안녕히 계시라는 의미이기도 했다.

그런데 그때, 할머니가 눈을 몇 번 끔뻑끔뻑 하더니 주위를 두리번거렸다.

“너희들 여기서 뭐 하는 게냐?”

황당했다. 할머니가 아이들을 놀리는 것 같았다. 방금 전까지는 큰 선물을 준다고 해 놓고는 저건 또 무슨 소리람.

“집에 갈 준비를 하려고요.”

동바가 신이 나서 대꾸했다.

“집에 왜 가?”

할머니가 어이가 없다는 듯 되물었.다.

“할머니가 가도 된다고 하셨잖아요.”

“내가 언제?”

“방금 전에요.”

“방금 전? 근데 너희들 여기는 왜 들어왔니? 언제 들어왔어?”

“할머니가 들어오라고 하셨잖아요.”

“내가 언제?”

세 아이는 미치고 폴짝 뛸 것 같았다. 할머니가 갑자기 왜 저러시지.

◇

튤립과 카라는 한숨을 푹푹 내쉬었다. 이게 벌써 몇 번째 하는 짓이란 말인가. 동바는 뭐가 재밌는지 배시시 웃었다. 동바 품에는 여전히 그 책이 있었다. 저건 진작 할머니에게 줬어야 할 책이다. 튤립과 카라는 이 상황에 돌아 버릴 것 같았다.

그러니까 며칠 전 일이다. 튤립과 카라는 울상을 지었다. 이대로 할머니께 끌려가면 꼼짝없이 책을 빼앗기게 된다. 울퉁불퉁한 길을 걷던 세 사람은 이제 돌멩이에 발목을 삐끗하지도 않는다.

동바는 주머니 속에서 몽당연필을 꺼내 밑줄을 긋기 시작했다.

너는 나를 닮게 되어

모험을 끝낸 아이들이 손을 잡고 웃는다.

할머니의 오두막에 도착했다. 튤립과 카라는 절망감에 눈물까지 글 썽였다.

"무슨 일인가?"

"책을 주웠어요."

몇 초간 그 책을 물끄러미 보던 할머니의 눈이 튀어나올 듯 커졌다.

"누가 주웠지?"

카라는 이제 손을 들 기운도 없었다. 귀찮아서 손을 들지 않았다.

할머니가 셋을 안으로 불러들였다. 치킨, 피자, 짜장면을 먹을 분위 기는 아니었지만 허락한다면 먹기는 할 생각이었다. 소화가 될지는 모르겠지만.

"이걸 너희가 주웠다고?"

"예⋯⋯."

아이들이 마지못해 힘없이 대꾸했다.

할머니는 아주 소중한 물건 다루듯 책을 책상 위에 올려놓았다.

"약속대로 너희들에게 선물을 주어야겠는데."

"선물요? 괜찮아요⋯⋯."

아이들은 귀찮아서 건성으로 대꾸했다.

"괜찮긴. 너희들이 내게 큰 선물을 안겨 줬으니 나도 선물을 줘야 지."

"햄버거랑 초콜릿은 집에 가서 먹으라고요? 어차피 우린 못 가요."

튤립이 기운이 하나도 없는 목소리로 대꾸했다.

그런데 그때, 할머니가 눈을 몇 번 끔뻑끔뻑 하더니 주위를 두리번거렸다.

"너희들 여기서 뭐하는 게냐?"

아이들은 한숨을 푹 내쉬었다.

할머니가 엉뚱한 데를 바라보는 동안 동바는 책상 위에서 책을 잽싸게 들고 오두막을 후닥닥 나갔다. 튤립과 카라도 따라 나갔다.

"언제까지 이 짓을 해야 하지?"

카라가 돌멩이를 걷어차며 버럭 화를 냈다.

"우린 저주에 걸렸어. 할머니도 저주에 걸린 거야."

그랬다. 똑같은 일이 계속 반복되는 것이다. 아이들이 책을 가지고 할머니를 찾아가면 할머니는 뛸 듯이 기뻐하며 집으로 보내 주겠다고 약속했다. 하지만 몇 초 후엔 그 약속을 잊어버린다. 아이들은 다음 날 다시 책을 가지고 할머니를 찾아갔다. 그러면 할머니는 기뻐하며 또 똑같은 약속을 했다. 하지만 몇 초 후 그 약속을 새까맣게 잊어버렸다. 아이들은 또다시 책을 가지고 할머니를 찾아갔지만 결과는 같았다. 포기하지 않고 또 시도해 봤지만 결과는 계속 같았다. 정말 돌아 버릴 것 같았다. 할머니가 왜 저러는지 이해할 수 없었다. 약속을 받아 내면 뭐 하나. 그 약속을 한 사람이 잊어버리는데.

카라는 뭔가 짚이는 게 있는지 동바에게서 그 책을 빼앗았다. 동바는 뺏기지 않으려고 낑낑댔지만 카라를 이길 수는 없었다. 카라는 책을 샅샅이 뒤지기 시작했다.

"오호라, 이거구나! 된장! 역시 네놈이 범인이었어."

너는 나를 닮게 되어

저 문장에 밑줄이 그어져 있었던 것이다. 동바가 해 놓은 짓 때문에 할머니가 기억 상실이 되어 잠시 전의 일도 기억하지 못했던 것이다. 하지만 포기할 수는 없었다. 집에 가려면 어떻게든 할머니에게 저 책을 주고 약속을 받아내야 했다. 그래서 똑같은 짓을 여러 번 반복한 것이다.

"동바 때문에 이게 무슨 고생이람!"

카라가 동바를 노려보며 툴툴거렸다.

"동바야, 얼른 그거 지워."

튤립이 동바에게 지우개를 건네주면서 말했다. 자기가 직접 지우면 될 걸 굳이 동바에게 시켰다. 동바는 시키는 대로 했다. 아마 이제는 할머니가 다시 정상으로 돌아왔을 것이다. 그러니 마지막으로 한 번만 더 찾아가면 된다. 이번이 마지막일 테니 연기를 제대로 해야 했다.

"너희들 잘해야 해."

튤립이 대장처럼 말했다.

"너희 둘, 실수 없이 해야 해!"

카라도 대장처럼 말했다.

그런데 동바에게는 말 못할 고민이 있었다. 어느 게 진짜 마법의 책인지 이제 헷갈리게 되어 버린 것이었다. 동바는 책이 마음에 드는 데다 심심했기에, 그 책의 글자를 노트에 하나하나 옮겨 적고 있었다. 그런데 내용을 전부 옮겨서 이제 두 책의 내용이 똑같아져 버렸다. 마법의 책이란 것도 애초에 손글씨로 적혀 있었고, 동바가 베낀 책도 손글씨로 적힌 것이었다. 두 책이 표지도 다르고 글씨체도 다르니 분간이 되어야 하지만, 어느 순간부터 정말 감쪽같이 똑같아졌다.

너는 나를 닮게 되어

동바는 이 문장에 밑줄 그은 걸 떠올렸다. 저기에 밑줄을 긋자 두 책의 겉모습이 똑같아진 것이다. 이제 어느 게 진짜 마법의 책이고, 어느 게 동바가 옮겨 적은 사본인지 구분이 안 됐다.

에라, 모르겠다! 동바는 둘 중에 한 권은 팬티 속에 그대로 두고, 한 권만 꺼내 돌무더기 속에 묻었다.

"그런데 궁금한 게 있어."

토탈을 기다리는 동안 동바가 말을 꺼냈다. 동바가 먼저 입을 떼는 건 드문 일이다.

"뭔데?"

“이배리가 누구야?”

“그게 누군데? 카라 넌 알아?”

“배리는 내 사촌 동생 이름인데, 걔는 한배리인데. 동바야, 여긴 남자들밖에 없어. 할머니를 빼면 다 남자야. 배리라는 이름을 쓰는 여자애는 없어.”

동바는 머리를 긁적였다.

“그냥…… 할머니 책상에 소설책들이 있었잖아. 그 책에 ‘이배리 지음’이라고 적혀 있어서……. 그게 누군가 싶어서.”

동바는 어느새 글씨를 읽을 수 있게 된 것이다.

“바보야, 그럼 할머니 이름이 배리인가 보지!”

자매

8

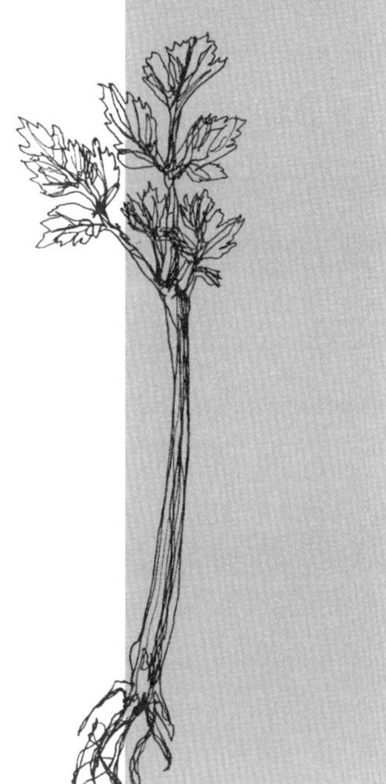

카메라맨이 아이들을 촬영하고 있었다. 카메라를 처음 보는지 아이들은 생글생글 웃으며 카메라 앞으로 모여들었다. 고아원에 들어오고 처음으로 깨끗한 옷을 입어서 기분도 좋은 날이었다.

"이렇게 귀엽고 착한 아이들을 보세요. 이 아이들을 구해 주세요."

고아원 원장이 호소했다. 카메라는 "A family for a child. A chance for a life(아이에게 가정을, 생명에 기회를)"라고 적힌 현수막을 비추며 촬영을 끝냈다.

원장은 이번만큼은 꼭 채리와 배리를 먼 나라로 입양 보낼 생각이었다. 서로 떨어질 수 없다고 관계자들 앞에서 난리를 피워 대는 통에 지난번에는 실패했지만, 이번에는 어림없다.

훗날 그 아이들이 자라서 자신에게 문제 제기를 못 하도록 각각 스페인과 캐나다로 입양 보낼 생각이었다. 스페인과 캐나다에서 자라게 되면 각자 스페인어와 영어를 익히게 될 테니, 만에 하나 수십 년 후에 서로를 찾는다 해도 의사소통을 힘들게 하려는 속셈이었다. 특히 어린 배리는 모국어를 잊게 될 테니 어른이 되어 언니 채리와 재회한다 해도 서로 말이 통하지 않을 것이다.

그 소문은 반은 진실이었고, 반은 거짓이었다. 마법은 몽당연필이 아니라 책에 깃들어 있었다. 보호한다는 구실로 아이들을 고아원으로 강제로 끌고 온 원장은 당연히 아이들의 소지품도 보관해 준다는 이유로 책을 압수했다. 창고에 넣어 뒀다가 성년이 되어 퇴소할 때 돌려준다고 약속했다. 물론 그럴 생각은 없었다.

시작은 두렵지만, 일단 시작하면 두려움은 놀라움으로 바뀐다.

첫 문장만 벌써 수백 번째 보는 것 같았다. 원장은 짜증이 났다. 어떻게 해도 마법을 부릴 수 없었다.

책을 펼쳐 놓긴 했지만 어떻게 해야 마법이 벌어지는 건지, 그것을 어떻게 해도 알아낼 수가 없었다. "부자로 만들어 줘", "예쁘게 해 줘" 등등 원하는 소원을 수없이 빌어 봤지만 책은 아무런 응답이 없었다. 흔들어 보기도 했다. 그러면 책 속에서 행운이 툭 떨어질 거라 기대하며. 잘 차린 잔칫상 위에 책을 펼쳐 놓고 넙죽 엎드려 절도 해 봤지만 소용이 없었다. 책은 진지하게 읽지 않는 자에게는 응답하지 않는다는 걸 원장은 알지 못했다.

이제 내일이면 채리는 캐나다로, 배리는 스페인으로 떠난다. 입양

절차는 다 마무리됐다. 서류도 꾸려졌다. 수갑을 채워서라도 비행기
에만 태우면 된다. 그전에 원장은 책의 비밀을 꼭 알아내야만 했다.

반성이 완료되다

이제 할머니가 기억을 잃을 일은 없다. 동바가 "너는 나를 닮게 되어"라는 문장의 밑줄을 지웠기 때문이다. 한 번만 더 연기를 하면 된다. 돌무덤에서 책을 찾은 척하고 할머니에게 갖다주기만 하면 된다. 할머니는 분명 집으로 보내 준다고 했었다. 이제 갈 수 있다.

그렇게 셋은 다시 할머니 앞에 섰다.

"이걸 너희가 주웠다고?"

"네!"

셋은 동시에 대답했다.

할머니는 책에서 눈을 떼지 못하며 감격스러운 표정을 감추지 못했다. 눈물을 글썽이다 못해 눈물이 얼굴을 타고 주르륵 흘러내렸다. 할머니의 핏기 없는 얼굴이 붉게 물들었다. 늘 아파 보이던 할머니의 얼굴에도 지금만큼은 생기가 돌았다.

"약속대로 너희들에게 선물을 주어야겠는데."

"그래요, 저희는 집에 가고 싶어요."

"내가 위원회에 특별히 추천장을 써 주마. 너희들의 '반성'이 완료됐다고 말이야. 곧 집으로 갈 수 있을 게다. 지금 동굴로 돌아가 짐을 싸라. 그리고 여기를 떠나거라."

셋은 환호성을 질렀다. 드디어 해방이다! 드디어 이 지긋지긋한 용광로에서 벗어날 수 있다.

◇

가진 게 없는 아이들이라서 짐을 쌀 것도 없었다. 비누, 속옷, 칫솔 정도가 고작이었다. 로팀 아이들이 동굴에서 짐을 싸고 있을 때 다른 조 아이들은 지친 몸을 이끌고 돌아왔다. 용팀의 탑은 여전히 계속 무너지고 있었다.

"너희들, 지금 뭐 하는 거야?"

들꽃이 로팀을 보고 어처구니없다는 듯 "피식" 웃으며 물었다.

"보면 몰라? 우린 집에 가는 거야."

튤립이 큰소리를 땅땅 쳤다.

"책을 찾았거든. 돌무덤에서. 부러우면 너희들도 찾아 봐."

카라가 거들었다.

흑장미는 더 이상 참을 수 없었다. 자기는 끝없이 여기서 탑을 쌓아야 하는데, 저것들은 지금 집에 간다고? 게다가 이젠 미나리까지 자기를 무시하고 토탈의 빵 셔틀이 되었다. 이제 규칙이고 뭐고 더는 봐 줄 수 없었다. 어차피 자기는 집에 못 갈 것 같았다. 흑장미는 오른손 주먹을 꽉 쥐더니 왼손으로 카라의 멱살을 잡고 흔들었다.

"집에 가? 곱게는 못 가지. 어디 '행복합니다'라고 해 보시지!"

그러더니 카라의 얼굴을 가격하려고 오른손을 번쩍 들었다. 로팀 아이들은 지금 짐을 싸는 것이지, 아직 용광로에서 해방된 건 아니었 다. 그 말은 곧 규칙을 어기면 벌을 받게 되고, 여기를 벗어날 수 없게 된다는 뜻이다. 그래서 흑장미는 로팀 아이들과 싸움을 할 생각이었 다. 녀석들을 집에 못 가게 할 수만 있다면 자신이 벌을 받는 것쯤은 감수할 수 있었다.

그때 멀리서 구급차 소리가 들렸다. 카라가 맞을 걸 대비해서 미리 달려오나 보다.

"규칙 잊었어? 나 때리면 넌 영원히 여기서 못 나가."

하지만 흑장미는 카라의 멱살을 더 거칠게 흔들었다.

"이제 그런 거 안 통해. 널 손봐 주고 나도 해바라기처럼 여기서 도 망칠 거야. 해바라기가 성공했다면 나도 성공할 수 있어! 더 이상은 못 견뎌."

흑장미도 해바라기처럼 여기서 탈출할 생각인가 보다. 아무튼 카 라는 이제 꼼짝없이 흑장미에게 얻어맞을 판이었다. 흑장미가 주먹을 확 휘두르려는 그때, 동굴에 토탈의 음성이 울려퍼졌다.

"비상 상황입니다!"

토탈이었다. 토탈은 비상 상황임을 알리는 외중에도 로봇답게 차분한 말투로 말했다.

"정체를 알 수 없는 차량이 사이렌 소리를 내며 용광로로 빠르게 접근 중입니다. 고장 난 휴먼들 모두 동굴을 이탈하지 마십시오. 다시 한번 경고합니다. 정체를 알 수 없는⋯⋯."

◇

사이렌 차량은 경찰이 아니라 구급차였다. 할머니가 쓰러지신 것이다. 원래 어딘가 많이 편찮아 보였다. 아이들은 할머니가 갑자기 쓰러지신 게 이상하게 느껴지지 않았다. 그렇게 원하던 걸 손에 쥐자마자 쓰러지다니, 참 안 됐다고 생각하며 동바와 친구들은 혀를 "끌끌" 챘다.

카라가 손을 번쩍 들고 말했다. 토탈은 판옵테스 위에서 배터리를 교체 중이었지만 카라가 둥굴 안에서 하는 말을 다 들을 수 있었다.

"이제 저희는 집에 가도 되죠?"

"할머니가 추천장을 써 주셨잖아요!"

튤립도 거들었다.

"엄마 때문에 빨리 가 봐야 해요. 집에 형도 없어요."

동바도 웬일로 자기주장을 하고 나섰다. 당연한 말이지만 집에 가고 싶다는 점에서는 모두가 같은 마음이었다.

흑장미와 들꽃은 두려운 눈빛으로 이 광경을 바라보고 있었다. 저 자식들이 정말 집에 가면 어쩌지, 하는 얼굴로.

토탈은 어느새 아이들에게 반말을 했다.

"여러분들 의견은 잘 들었다."

"감사합니다! 그럼 저희는 이만 갈게요. 근데 어떻게 가죠? 지구까지 우주 비행선을 태워 주시나요? 신납니다."

카라가 고개를 꾸벅하며 토탈에게 인사했다.

토탈이 카라에게 되물었다.

"간다고? 어디로? 왜?"

"저희는 집에 가야 하니까요."

"왜?"

"할머니가 위원회에 추천장을 써 주셨잖아요. 감사합니다."

"위원회?"

"네, 위. 원. 회!"

아이들에게는 알 수 없는 불안감이 감돌았다. 토탈이 왜 저러지.

"토탈 님, 장난치지 말고 얼른 보내 주세요. 행복합니다."

튤립이 재촉했지만 토탈은 충격적인 말을 했다.

"위원장이 해임되었다. 다른 위원들도 사임했다. 위원회의 만장일치가 없으면 심사를 통과할 수 없다."

그 말에 아이들은 주저앉았다. 여기저기서 웅성거리는 소리가 이어졌다. 위원장이 해임되고 다른 위원들도 그만뒀으면 이제 모두 집에 갈 수 있는 거 아냐? 용광로도 끝나는 거 아냐? 그럼…… 우린 이제…… 자유야?

토탈은 '규정'에 입각해서 이 상황에 대한 답을 분명히 내렸다. 그런데 존댓말을 했다가 반말을 했다가 제멋대로였다. 아무래도 토탈이 조금 이상해 보였다.

"현재 위원회는 기능을 상실했다. 그러나 그게 곧 용광로의 해체를 의미하는 것은 아닙니다. 용광로를 해체하라는 지시를 받은 적이 없다. 위원회가 다시 구성되어 새로운 지시를 받을 때까지 용광로는 유지됩니다. 노 페인, 노 게인."

"현명하십니다, 토탈 님. 노 페인, 노 게인."

미나리가 아부를 떨었다. 토탈은 아이들에게 절망을 안겨 주었다. 새로운 위원회는 언제 구성된단 말인가. 그리고 할머니의 추천장은 어떻게 된단 말인가!

노 페인, 노 게인

구름 한 점 없었다. 소풍을 가거나 운동회를 열기에 딱 좋은 날씨였다. 하지만 이런 날은 아이들에게 최악이었다. 저만치 황무지에서 아지랑이가 피어올랐다. 태양은 녀석들에게 벌을 주듯 열기를 쏘아 댔다. 7월의 태양은 뜨거웠다. 8월의 태양은 더 뜨거울 것이다. 9월이 돼도 더위는 식지 않을 것이다. 그러다 겨울이 되면 혹독하게 추워질 것이다. 지옥이 절망적인 이유는 끝이 없기 때문이다.

"더는 못 하겠어. 인내하겠습니다."

튤립이 울먹이며 말했다. 그러면서도 돌덩이를 옮기는 동작은 감히 멈추지 못했다. 지금껏 비교적 작은 돌덩이들 위주로 옮겼기에 이제 남은 건 거의 바위만 한 것들뿐이었다. 갈수록 태산이다.

"나도 못 하겠어. 당신 의견에 동의합니다. 우린 너무 오래 살았어. 호모 하빌리스의 평균 수명은 열두 살이었어. 인류는 원래 고양이보다 수명이 짧아. 우린 이미 15년 하고도 몇 개월이나 살았단 말이야.

기술 문명에 감사합니다."

카라가 대꾸했다. 하지만 바위를 굴리는 건 멈추지 못했다. 이제 남은 건 바위밖에 없어서 굴려서 옮겨야 했다.

"정말 쉬고 싶어. 희망합니다."

튤립이 손을 탈탈 털며 말했다. 손바닥에서 뿌연 먼지가 일어났다. 동바가 "콜록콜록" 기침을 했다.

"딱 3분만 쉬자. 부탁이야. 바위를 돌무덤까지 운반하려면 시간이 별로 없지만, 더는 못 하겠어. 시간은 소중합니다. 된장!"

튤립이 제안했다.

"분명 이배리 할머니가 우리를 집에 보내 준다고 약속했어! 당신을 신뢰합니다."

카라가 이를 갈았다. 너무 분해서 눈물이 날 것 같았다. 도대체 이 지옥은 언제 끝이 날까. 집에 간다고 짐까지 쌌는데 할머니가 갑자기 쓰러지실 줄이야! 그래도 할머니는 뭘 주워 가면 맛있는 음식이라도 줬었는데, 이상해진 토탈은 아이들에게 채찍질이라도 할 기세였다.

"채찍에 맞아도 좋아. 집에만 갈 수 있다면."

튤립이 다시 울먹이며 말했다.

"집에만 갈 수 있다면…… 채찍에 맞아도 좋아."

카라도 눈물을 주르륵 흘리며 말했다. 얼굴이 뿌연 먼지로 덮여 있어 눈물이 흐른 자국이 선명하게 드러났다.

"동바 너도 한마디 해. 된장!"

동바는 아까부터 한마디도 안 하고 있었다. 카라가 못마땅한 듯 동바 쪽을 쳐다봤다.

동바는 뒤로 돌아앉아 고개를 푹 숙이고 있었다.

"녀석도 슬플 거야. 어머니가 많이 편찮으시잖아. 형도 집을 나가 버렸고. 얼마나 집 걱정이 되겠어. 비극은 영혼을 정화합니다."

튤립이 또다시 울먹이며 말했다.

"동바야, 너 울어?"

카라가 동바 쪽으로 가서 어깨를 잡고 휙 당겼다.

"헉!"

카라 입에서 비명이 터져 나왔다. 동바가 책을 읽고 있었던 것이다. 동바는 분명 책을 이배리 할머니께 드렸는데!

"너 이거 뭐야? 어디서 났어? 놀랍습니다."

"나도 모르겠어. 그냥 팬티 속에 있었어. 신납니다."

동바도 뭐가 뭔지 헷갈렸다. 돌무덤에서 주운 원본이 한 권 있었다. 그걸 옮겨 쓴 사본도 한 권 있었고. 둘 중에 한 권을 이배리 할머니께 드렸다. 그리고 한 권이 남은 것이다. 이제 어느 게 진본이고 어느 게 사본인지는 동바도 몰랐지만. 그런 건 중요하지 않았다. 그냥 책만 읽을 수 있으면 됐다.

"이거 보고해야 하는 거 아냐? 행복합니다."

튤립이 겁에 질려 소리를 "꽥" 질렀다.

"바보야, 새로운 위원회는 아직 만들어지지도 않았어. 그러니까 그런 지시를 할지 안 할지도 아직 모르지. 그러니까 지금은 동바가 갖게 내버려둬도 돼."

◇

노동은 갈수록 가혹해졌다. 아이들에게 배급되는 식사량도 더 줄었다. 이곳에 대한 세상 사람의 관심이 식을수록 위원회에서도 예산을 줄었다. 당연히 배급도 적어졌다. 텐트는 찢어져 비가 새고 바람에 나풀거리지만 새 텐트는 어림도 없었다. 신발도 찢어지고 이젠 장갑도 못 받는다.

토탈도 예전에는 이 정도로 난폭하게 굴지는 않았다. 그때는 토탈이 뭔가 관리가 되는 느낌이었는데, 이제는 어디가 이상해졌는지 제멋대로 행동할 때가 잦다. 맹수처럼 으르렁거리는 꼴을 보면 언제든 아이들을 할퀴고 깨물 것 같았다.

위원회는 계속 구성되지 않았다. 위원회가 없으니까 시설이 폐쇄되고 집으로 돌아갈 수 있는 건 아닌가 아이들은 내심 기대하기도 했다. 하지만 기대는 기대일 뿐이다.

위원회는 여전히 구성되지 않았다. 기다려도 만들어질 생각이 없어 보였다. 세상은 그냥 용광로와 이곳의 아이들을 잊어버린 것 같았다.

관리와 지원이 끊긴 채 표류하던 용광로. 그렇게 며칠이 지난 어느날 0시 0분 0초가 되자 토탈의 독재가 시작됐다. 전쟁, 천재지변, 그

외 비상 상황으로 인해 위원회가 구성되지 못할 시 토탈은 스스로에게 모든 권한을 부여하도록 설정돼 있었다. 이제는 토탈이 용광로를 완전히 지배하게 되었다.

"토탈 님, 아이들에게는 더 엄격한 훈육이 필요합니다. 시간이 흐르면 자동으로 어른이 됩니다. 그전에 아이들의 위험성을 제거해야 합니다. 노 페인, 노 게인."

미나리가 건의했다.

토탈은 미나리가 용광로의 이념을 가장 제대로 이해하는 인간이라고 판단했다. 그래서 자신이 배터리를 교체하는 동안에는 미나리에게 잠시 감시 임무를 맡겼다. 미나리는 입이 벌어졌다.

"그럼 이제부터 하루에 탑을 다섯 개씩 쌓는 건 어떨까요, 토탈 님? 하루 두 개는 이제 너무 익숙합니다. 익숙함은 나태와 무책임을 부릅니다. 노 페인, 노 게인."

미나리의 건의를 책임자 토탈이 받아들였다. 이제 다섯 개씩 쌓아야 한다. 다들 기절할 것 같았다.

모든 게 변했다. 분위기도 더 험악해졌고, 규칙은 더 늘어났다. 원래 몇 개 안 되던 규칙이 이제는 스물아홉 개로 늘어났다. 아마 내일이 되면 쉰 개가 되고, 모레가 되면 아흔 개가 될지도 모른다. 이게 다 미나리 때문이다. 미나리가 뭔가를 건의할 때마다 규칙이 하나씩 늘어나다 보니 이렇게 됐다.

토탈은 이상한 말도 했다.

“고장 난 휴먼들, 저게 다 뭐지?”

토탈이 돌로 쌓은 탑들을 보며 아이들에게 물었다. 마치 그런 걸 처음 본다는 듯이.

“아시다시피 우리가 쌓은 돌탑입니다. 존경합니다.”

“저걸 왜 쌓았지?”

여태까지 지켜봐 놓고 뜬금없이 왜 묻는담.

“아무도 모릅니다. 알아가도록 더 노력하겠습니다.”

“왜 저런 짓을 하는 거야! 실용적인 이유도 없이!”

토탈은 버럭 화를 냈다. 로봇은 감정이 없다는데 어떻게 화를 낼 수 있을까. 카라는 토탈 안에 미나리가 들어가 있는 걸지도 모르겠다고 의심했다. 진짜 토탈은 고장이 나서 수리 중이고, 미나리가 토탈 껍데기를 걸치고 저러는 거라고 말이다.

“실용적이지 않은 모든 행동은 중지되어야 한다!”

토탈은 망가진 게 분명해 보였다. 아무튼 아이들이 알던 그 못되고 위험한 토탈이 아니었다. 많이 못되고 매우 위험한 토탈이 됐다.

토탈은 메모리 중 일부가 제거되기라도 한 듯, 이제는 모두가 익숙한 돌탑을 난데없이 꼴 보기 싫어했다. 감시자의 역할만 할 때보다 더 많은 권한을 스스로에게 부여한 토탈이 이제 어떻게 행동할지는 아무도 예측할 수 없었다.

그날 밤, 굉음에 잠을 깬 아이들은 겁에 질려 바들바들 떨었다. 동굴 바깥으로 나갈 수 없으니 무슨 일이 벌어지는지 알 수가 없었다.

그래서 더 무서웠다. 굉음은 가까운 데서 들렸다. 소리는 점점 가까워
졌다. 다음 차례는 아이들의 동굴 같았다. 공포에 질린 아이들을 지켜
주던 동굴이 이제 곧 파괴될 것 같았다.

자
매
9

배리와 함께 이곳을 탈출하려면 여길 파괴해야 했다. 수천 명의 고아를 수용한 이 고아원은 하나의 거대한 기업이었다. 끝이 없을 정도로 넓은 단지 안에는 건물들이 빽빽하게 들어서 있었고, 각 건물엔 아이들을 욱여넣었다. 아이들은 종이처럼 구겨진 상태로 잠을 자야만 했다.

이곳을 파괴할 방법은 없었다. 채리에게는 그럴 힘이 없었다. 그래도 무너뜨려야 했다. 이제 시간도 없고 다른 방법도 없었다. 파괴 말고는. 아이들을 가둬 둔 담장을 무너뜨리고, 밖에서 걸어 잠근 자물쇠를 부숴야 했다.

채리는 그 문장을 본 적이 있다. 그 방법밖에 없다. 그 문장에 밑줄을 그어야 일이 일어난다. 오늘 밤이 지나면 채리와 배리는 어쩌면 영원히 헤어질지도 모른다. 하지만 책은 원장의 손에 있다.

동생이 눈앞에 없는 상황은 상상만 해도 피가 마르는 것 같았다. 입양한 부모가 좋은 사람인지 아닌지, 밥은 제때 주는지, 옷은 제대로 입혀 주는지, 학교는 보내 주는지, 때리거나 학대하지는 않는지, 말이 안 통한다고 구박하지는 않는지, 이 끝도 없는 걱정을 눈으로 확인할 수가 없게 된다.

채리는 밴쿠버로 보내질 예정이었다. 스페인까지 가려면 북미 대륙을 횡단한 후 대서양을 건너고 이베리아반도를 뒤져 한국인 아이를 찾아내야 한다. 루시아, 이사벨라, 알레한드라, 카르멘 등으로 불리는 수많은 여자아이들의 서류를 뒤져 한국식 이름이 '이배리'였던 아이를 찾아내야 한다. 마법의 책도 없이. 그때쯤 되면 배리는 모국어도, 언니도 잊어버렸을지 모른다.

책에 밑줄을 긋지 않아도 더러 기적이 일어나기도 한다. 한밤중, 잠 못 들고 뒤척이는 채리를 원장이 몰래 불렀다.

"너는 내일 캐나다로 간다. 알고 있지?"

채리는 원장을 노려봤다.

"가기 전에 좋은 일을 하나 하려무나. 그래도 내가 너희를 거둬 주지 않았니."

채리는 원장을 노려보며 고개를 저었다. 그 어떤 일에도 협조해 주기 싫었다.

"무슨 방법을 써도 이 책이 마법을 부리지 않는구나. 난 그 소문을 믿어. 그러니 이 책은 분명 마법을 부릴 거야. 방법을 몰라서 그렇지. 도와주겠니?"

채리는 또 고개를 저었다.

"그렇다면, 나도 이러기는 싫지만 말이야. 네 동생 배리를 위험한 나라로 입양 보내는 수밖에 없구나."

그 말에 채리의 눈빛은 노여움에서 간청으로 변했다.

"좋아, 역시 넌 착한 아이구나. 그럼 자, 보여 주렴. 어떻게 해야 책이 소원을 들어주는지."

채리는 원장의 말에 순응하며 책을 받아 들었다. 그러고는 오랜만에 몽당연필을 쥐었다.

채리는 원장을 완벽히 속였다. 처음부터 순순히 말을 들으면 원장이 채리를 의심해서 책을 건네주지 않았을 것이다. 하지만 동생을 인질로 잡힌 상황에서 겁에 질린 모습을 보여 주자 원장은 채리를 의심하지 않았다.

"이렇게 하는 거예요."

채리는 몽당연필을 쥐고는 자신이 기억하는 문장의 위치를 재빨리 찾아냈다. 마지막 페이지, 마지막 문단, 마지막 문장이었다.

"어떻게? 설명을 해 봐."

"이렇게 하는 거라고. 자, 이제 두고 봐. 어떻게 되는지."

낡은 세상은 무너져 용광로에 녹여지고 그 자리에 새 세상이 주조되리.

채리가 문장에 밑줄을 긋자마자 땅속 깊은 데서 난데없이 굉음이

들렸다. 땅이 두부처럼 물러졌고, 땅속의 엄청난 힘이 세상의 멱살을 잡고 흔드는 것 같았다. 세상 전체가 마구 흔들렸다.

깜짝 놀란 원장은 손으로 머리를 감싼 채 뛰쳐나갔고, 자기 가족만 챙겨 피신했다. 원장의 갓난아기가 자지러지게 울자, 아이들도 놀라 잠에서 깼다. 하지만 숙소에는 자물쇠가 채워져 있어 밖으로 대피할 수 없었다.

채리는 있는 힘껏 달려 고아들의 숙소 자물쇠를 풀어 주었다. 탈출한 아이들도 곧장 다른 숙소로 흩어져 자물쇠를 풀어 주었다. 하지만 그 속에서 동생 배리는 보이지 않았다.

"배리야!"

"배리야!"

수없이 외쳤지만 땅과 건물이 흔들리는 소리에 묻혀 들리지 않을 것 같았다. 이제 어느 정도의 시간이 더 남은 건지 모르겠다. 채리는 정신없이 동생의 이름을 부르며 곧 무너질 것 같은 고아원을 뒤지고 다녔다. 그때, 어둠 속에서 웅크린 채 겁에 질려 울고 있는 아이를 발견했다. 채리는 동생이란 걸 직감했다.

"배리야! 나야, 네 언니라고."

채리는 동생을 일으켜 세웠지만 배리는 무너지는 기둥에 얼굴을 맞아 눈가에 큰 상처를 입은 채였다. 얼굴이 피범벅이었다. 이렇게 작은 몸에서 이 정도의 피가 흐른다는 게 믿기지 않을 정도로 많은 피가 흘러나왔다. 눈이 안 다친 게 그나마 다행이라면 다행이었다. 어리고 약한 채리는 그보다도 훨씬 어린 동생을 안고 전속력으로 뛰었다. 이제 건물도 더는 버텨 주지 못할 것 같았다.

다른 아이들은 모두 탈출한 것 같았다. 자매도 겨우 탈출하는가 싶었지만, 어디선가 아기 울음소리가 들렸다. 이제 시간이 얼마 남지 않았다. 그러니 망설일 시간도 없었다. 채리는 배리를 안은 채 소리가 나는 쪽으로 달려갔다. 텅 빈 방에서 갓난아기가 자지러지게 울고 있었다. 태어난 지 몇 주도 되지 않아 보였다.

채리는 손에 쥐고 있던 책을 입에 물었다. 한 손으로는 배리를 안고, 또 한 손으로는 아기를 안았다.

건물은 아이들을 위해 간신히 버텨 주고 있는 것 같았다. 대지의 손아귀는 고아원을 더 심하게 흔들어 댔다. 이제 정말 몇 초 안 남은 것 같았다. 빠져나가지 못하면 셋은……. 아니다, 생각할 시간은 없다. 채리는 더 빨리 뛰었다. 한 걸음이라도 더 뛰어야 살 확률이 높아지니까.

잠시 후 땅속에서 천둥소리가 들리더니 순간 모든 게 주저앉았다. 자욱한 먼지가 구름처럼 피어올랐다. 먼지가 걷히고 나자 모든 게 평평해졌다. 건물들은 사라지고 폐허만 남았다.

채리는 배리와 아기가 무사한지 확인했다. 고아원에 있던 아이들 모두 다친 데 없이 무사했다. 배리는 피를 너무 많이 흘려 의식이 없었다. 채리가 책을 잃어버린 걸 깨달은 건 배리를 병원에 옮기고 나서였다. 정신없이 달리다 보니 입에 물고 뛰던 책을 자기도 모르게 떨어뜨린 것이다.

그 책은 어마어마한 잔해 속에 파묻힌 채 사라졌다.

토탈 II의 등장

그렇게 파괴가 시작됐다. 잠을 자지 않는 토탈이 각 구역을 돌며 밤새 돌탑을 부수고 온갖 조형물과 조각품들을 부숴 버렸다. 눈에 보이는 건 몽땅 무너뜨리고 파괴했다. 돌탑이 쌓여 있던 자리에는 이제 잔해만이 남게 됐다. 작은 돌무덤들이 여기저기 흩어져 있었다.

날이 밝아 숙소에서 나온 아이들은 그 광경을 보고 입을 다물지 못했다. 돌덩이를 옮겨 탑을 쌓는 건 아무런 이유 없는 노동이었고, 힘들고 짜증 나는 일이었다. 그래도 그것들 하나하나가 아이들의 땀이 밴 작품이었다. 그게 밤사이에 무너져 버렸던 것이다. 다른 조의 돌탑은 그래도 거의 멀쩡했는데, 주로 흑장미네 돌탑이 다 부서져 있었다. 녀석들은 돌무덤 근처에다 탑을 쌓아 왔고, 토탈은 그 부근에서 난리를 피워 댄 것이다.

허탈해진 몇몇이 무너진 탑처럼 풀썩 주저앉았다. 모진 고생 끝에 피라미드를 쌓아 뒀더니, 갑자기 불면증 걸린 파라오가 밤새 부숴 버린 꼴이었다.

"토탈 님, 제가 감히 의견을 말씀드려도 되는지 조심스레 여쭙습니다. 노 페인, 노 게인."

미나리는 토탈에게 뭐라고 입 모양을 뻥긋거렸다. 다른 아이들이 듣지 못하게 소리는 내지 않고 입 모양만 놀렸다. 토탈은 미나리의 입술 모양을 보며 문장을 분석했다.

"미나리, 훌륭한 의견이다. 그동안 쌓인 점수에 방금 점수까지 합해서 이제 딱 1점이 부족하다. 넌 이제 1점만 더 채우면 집으로 갈 수 있다. 너의 반성은 거의 완성되었다. 너는 거의 새사람으로 주조되었다. 노 페인, 노 게인."

미나리는 뛸 듯이 기뻤지만 겉으로 감정을 드러내지는 않았다. 미나리가 이제 곧 집에 간다는 말을 듣자 아이들은 억장이 무너졌다. 이미 많이 무너져 있었지만, 더 무너질 게 남아 있었나 보다.

토탈은 미나리의 제안을 수용하여 새로운 지시를 내렸다.

"저 보기 흉한 돌덩이들을 원래 형상대로 다시 쌓아라. 정확하게, 원래 형상 그대로. 퍼즐을 맞추듯. 용광로의 형상이 훼손됐으니 정확히 돌려놓도록! 노 페인, 노 게인."

그러니까 토탈이 파괴한 돌탑을 복구하라는 지시였다. 그게 끝이 아니다. 탑을 원래 형태대로 정확히 복구하라는 것이었다. 아이들은 그 많은 탑의 원래 형상을 기억하지 못한다. 그걸 누가 일일이 기억해 둔단 말인가. 하지만 토탈의 메모리는 그 형태를 저장해 뒀다. 토탈은 용광로의 모든 구역에 대하여 모든 시간대별로 그 형태를 촬영했던 것이다.

아이들은 그 말만 들어도 지쳐 쓰러질 것 같았다. 이렇게 어처구니없이 허물어 버릴 거였으면 왜 그 고생을 시킨 건지 이해할 수가 없었다. 그리고 그걸 어떻게 정확히 원상 복구를 한단 말인가. 어떻게 퍼즐을 맞추든 토탈은 원본과 대조한 후 틀렸다고 할 것이다. 이제 영영 집에는 못 가게 생겼다.

아이들의 마음에 절망과 분노가 가득해졌다. 이제 아무런 희망도 없는 것 같았다. 희망을 완전히 잃으니 기력도 사라졌다. 작은 돌덩이 하나 들어 올리는 것도 너무 힘겨웠다.

미나리가 아이들의 분위기를 일러바치자 토탈의 감시는 더 심해졌다. 이제 무슨 말을 하든 문장의 끝은 무조건 긍정적인 말로 맺어야 했다. 예전에는 토탈의 눈에 띌 때만 그렇게 말하면 됐지만, 감시가 강화됐으므로 이제는 더 자주 문장의 끝을 긍정적인 말로 맺어야 했다. 그게 어떤 문장이든.

"동바야, 사랑합니다."

튤립이 동바를 불렀다.

"왜? 나도 사랑합니다."

"너 여기 언제 왔냐? 반갑습니다."

"기억 안 나. 추억은 아름답습니다."

"바보야, 넌 해바라기가 탈출하고 며칠 뒤에 왔어. 해바라기가 탈출할 때가 6월 말이었어. 넌 7월 초에 여기 온 거야. 그러니까 여기 온 지 40일쯤 된 거지. 축하합니다.”

카라가 툴툴거리며 가르쳐 줬다.

“40일? 난 400일도 넘은 것 같아. 놀랍습니다.”

튤립이 작은 돌멩이를 걸어차며 말했다.

카라는 요리조리 눈치를 보더니 토탈이 저만치 사라지자 작은 목소리로 속삭였다.

“토탈이 갑자기 왜 저러지? 원래 저 정도는 아니었잖아. 요즘 너무 무서워졌어. 갈수록 더 이상해지는 것 같아. 다음 주쯤에는 우리를 잡아먹을지도 몰라. 우린 치킨, 피자, 짜장면이 되고 말 거라고. 맛있습니다.”

그때 토탈이 다시 가까이 다가오고 있었기에 카라는 그 문제에 대해 하고 싶은 말을 할 수가 없었다. 대신 다른 불평을 터뜨렸다.

“우리 언제까지 여기 있어야 하지? 그리고 새로운 신입은 왜 계속 안 들어오지? 사람들은 우리를 기억이나 할까? 우리 존재를 아예 까먹은 건 아닐까? 우린 티브이도 없고 핸드폰도 없어서 세상이 어떻게 돌아가는지 전혀 모르잖아. ‘아는 게 힘’입니다.”

카라가 울적한 소리를 하며 돌멩이 하나를 힘껏 집어던졌다. 카라가 던진 돌멩이는 포물선을 그리더니 황야에 떨어져 떼구루루 굴렀다. 모두들 그 돌멩이가 굴러가는 모양을 멍하니 바라봤다. 그리고 구르던 돌멩이가 갑자기 뚝 멈추자 그쪽에서 누군가 슬금슬금 다가오는 게 보였다.

"저기 봐! 뭔가 다가오고 있어. 어쩌면 더 무서운 토탈 Ⅱ가 오는 걸지도 몰라. 반갑습니다."

카라가 지평선 쪽을 가리키며 손짓을 했다. 정말이었다. 뭔가가 다가오고 있었다. 그 물체가 점점 가까워질수록 어렴풋이 형체가 보이기 시작했다. 신입은 아닌 것 같았다. 신입은 아닌데 사람과 비슷한 형체라고? 그럼 카라 말대로 토탈 Ⅱ가 오는 것인가! 능력과 사악함이 더 업그레이드 된, 카라가 늘 우려하던 그 토탈 Ⅱ 말이다.

겁에 질린 아이들은 기겁을 하며 무너진 탑의 잔해 뒤에 납작 엎드려 몸을 숨겼다.

너를 속이는 렌즈를 벗어라

집으로 돌아온 해바라기는 그동안 몽땅 속았다는 걸 알게 됐다. 애초에 그곳은 카라 말처럼 외계 행성도 아니었고, 화산과 바다로 에워싸인 요새도 아니었다.

아이들은 모두 속았던 것이다. 용광로 시설의 경계 역할을 하는 그 허름한 기둥은 디스플레이 장치였다. 그것은 홀로그램을 만들어 내는 일종의 프로젝션이었던 것이다. 기둥 밖은 사실 도시 변두리에 불과했고, 실제로 저만치에 아파트와 학교도 보였다. 하지만 프로젝션이 만들어 내는 홀로그램 탓에 아이들 눈에는 바다와 화산만 보였다. 아이들이 착용해야 했던 특수 렌즈도 안구 보호용이 아니라 홀로그램 효과를 안정적으로 유지하는 장치였다. 무엇보다 아이들을 철저히 속인 건 기술이 아니라 공포였다. 두려움 탓에 그 누구도 렌즈를 벗을 생각은 하지 못했고, 화산의 용암이 홀로그램일 거라는 의심조차 못했다. 늘 엉뚱한 가설을 세우는 카라조차도.

아이들 중 누군가가 가끔 아파트를 봤다는 둥, 학교 옥상에서 어떤 녀석들이 망원경으로 이쪽을 구경한다는 둥 말한 건 헛소리가 아니었다. 헛것을 본 게 아니었다. 용광로에 예산 지원이 줄어들면서 프로젝션 전력 장치가 불안정해진 탓이었다.

이 장치를 설치한 사람들은 무릎을 "탁" 쳤다. 시설 안의 아이들이 함부로 그곳을 빠져나갈 생각을 못하게 만들고, 시설 밖의 아이들이 감히 그곳으로 들어갈 엄두를 못 내게 하는 효율적 교육이라고 홍보까지 했다. 그런 좋은 홍보 효과를 띤 시설을 왜 굳이 아무도 볼 수 없는 곳에 짓겠는가. 아파트 베란다와 학교 교실 창문에서 볼 수 있다면 그것보다 돈 안 들고 효율적인 '교육적 효과'는 없지 않겠는가.

그래서 해바라기는 저 시설을 만든 책임자를 찾아가려고 했다. 하지만 오래전에 만든 데다 많은 사람이 개입돼 있어 누굴 찾아가야 할지도 알 수 없었다. 그래서 정부 기관 여기저기에 전화를 걸었다. 그때부터 해바라기는 미궁에 빠졌다.

"안녕하세요. 국민을 섬기는 인간자원부입니다. 전화 주셔서 감사합니다. 이제 곧 전화를 받을 담당자는 여러분의 소중한 가족입니다. 인격을 존중해 주고 폭언, 성희롱 등을 하지 말아 주십시오. 만약 이를 어길 시 관련 법령에 의거하여……."

목소리는 나긋나긋하고 느릿느릿했지만 이제 막 용광로에서 탈출

     안녕, 용광로

한 해바라기는 겁에 질려 전화를 끊었다. "관련 법령에 의거하여……"
다음에 뭐라고 하는지 듣지 못한 채 끊어 버렸지만, 왠지 "해바라기
너를 다시 거기 가둬 둘 거야!"라고 할 것만 같았다. 그러고는 3분 만
에 경찰들이 집에 들이닥칠 것 같았다. 해바라기가 용광로의 실태에
대해 구체적으로 묻고, 문제를 제기하는 것 자체가 스스로를 위험에
빠뜨리는 일이 될 수 있었다. 그곳에서 탈출했다는 것을 자백하는 것
이나 다름이 없기 때문이다.

고민 끝에 해바라기는 기자인 척하고 다시 전화를 걸었다. 하지만
담당자라는 사람은 해바라기의 질문을 잘 이해하지 못했다.

"네? 용광로요? 제철 공장은 우리 부서 소관이 아닌데요."

"아뇨, 제철 공장 말고요. 용광로 몰라요? 용광로!"

"그게 뭐죠? 숯불구이 집인가요?"

"그걸 저한테 되물으시면 어떡해요. 담당자라면서요."

"제가 이 업무를 맡은 지 얼마 되지 않아 아직 업무 파악이 완벽하
지 않거든요. 다른 쪽으로 전화 돌려 드릴게요."

지친 해바라기는 결국 위험천만한 고백을 하고 말았다.

"잠깐만요! 전화 돌리지 마요!"

"왜죠?"

"제가 거기서 탈출한 학생이거든요."

"……."

"여보세요?"

"기자가 아니었어요?"

"거기서 탈출했다니까요. 거기서 아이들이 고통을 받고 있어요!"

"숯불구이 집에서 아이들이 고통받아요? 알바비를 안 주나요? 그런 건 노동 관련 부처에 문의해 보세요."

대화 내용이 대충 이랬다. 전화를 받은 공무원들은 골치 아픈 일에 엮이고 싶어 하지 않았다. 그들도 물론 용광로에 대해 알고 있었다. 아무리 자기 소관이 아니라 해도 전 국민이 다 아는 걸 모를 리 없지 않은가. 그럼에도 자기 업무가 아니라며 모른다고 시치미를 뚝 떼는 것이다. 그런 시설을 자기가 만든 것도 아닌데 적극적으로 나설 이유가 없었다. 뭐라고 답변을 해 줬다가 해바라기가 "담당 공무원이 이러쿵저러쿵 답변했다"라고 떠들어 대면 책임을 져야 할지도 모른다.

이처럼 모두의 무관심과 책임 회피 속에서 용광로는 그 자체만으로 존재하는 독립된 생태계가 되어 있었던 것이다. 아직 상황 파악이 안 된 해바라기. 아무래도 말이 통할 만한 공무원에게 전화를 걸어야 할 듯싶었다. 그래서 처음부터 다시 시작했다.

"용광로에 대해 중요한 제보가 있어요."

"네? 영광로요? 도로명 주소인가요?"

"아뇨, 용광로요."

"아, 용광로요. 네, 범죄 장소가 용광로 몇 길에서 벌어졌죠?"

이번 공무원도 비슷한 식이었다. 해바라기는 답답해서 팔짝 뛸 것 같았다.

"그 용광로가 아니고요, 아이들을 붙잡아 두는 용광로요!"

"아이들을 붙잡아 둬요? 학원 말씀하시는 건가요? 근데 그걸 왜 저한테 말씀하시죠?"

"그걸 저한테 되물으시면 어떻게 해요. 담당자라면서요."

"학원은 우리 부처 소관이 아닙니다. 다른 쪽으로 전화 돌려 드릴게요."

전화를 받는 담당자가 여러 번 바뀌었다. 그들은 하나같이 용광로에 대해 아무것도 모른다는 듯 시치미를 뗐다. 관심 자체가 없어 보였다. 이러다가는 모든 공무원과 통화를 하게 될 것 같았다. 지쳐 버린 해바라기는 전화를 끊었다. 대신 유튜브에서 다른 방법을 찾아냈다.

해바라기는 유튜브를 보다가 조회수가 지독히도 안 나오는 어느 유튜버의 채널을 보게 됐다. 금방 채널을 나가려던 그때, 해바라기의 입에서 비명이 터져 나왔다. 몇 달 전에 업로드된 영상에 자신이 등장했던 것이다. 영상 속 해바라기는 돌을 나르고 있었다. 손이 바르르 떨렸지만 그 영상을 끌 수는 없었다. 그러다가 자신이 찾고 있던 녀석을 발견했다. 동생이었다. 동생이 그곳에서 자신처럼 돌탑을 쌓고 있었다. 동생은 자신이 있던 똑같은 시설에서 그 짓을 하고 있었던 것이다.

— 형, 조회수 대박 터뜨릴 방법이 있어요!

해바라기는 구미가 당기는 댓글을 달았다. 유튜버도 해바라기에게 바로 댓글을 달았다.

- 고마우신 구독자 님, 그게 뭐죠?

- 일단 만나요. 후회하지 않을 거예요.

해바라기는 유튜버를 만났다. 그리고 또다시 비명을 지를 뻔했다. 용광로에 갇혀 있을 때 그곳을 기웃거리며 촬영하던 아저씨였던 것이다. 그때만 해도 해바라기는 그가 시설의 직원인 줄 알고 아예 쳐다보지도 않았었다. 그런데 그 아저씨가 이 유튜버였다니!

"어떻게 유튜버가 거기 마음대로 드나들 수 있었죠? 토탈이 가만히 놔두던가요?"

"당연하지. 난 원래 거기 시설 관리를 맡은 업체의 직원이거든. 네가 거기 입소하기 한참 전부터. 근데 어느 때부턴가 위원회에서 자꾸만 입금이 지연되는 거야. 일을 해도 돈을 제대로 못 받은 셈이지. 알고 보니 정부에서 예산을 대폭 삭감했다더군. 너 느끼지 않았어? 거기 시설이 갈수록 낡아간다는 것 말이야. 전등도 깜빡깜빡하고. 너도 이제 알겠지만, 거기 철조망 쳐진 기둥 있지? 홀로그램 쏘는 장치 말이야. 그것도 관리가 안 돼서 어느 때부턴 을씨년스럽게 변했지."

해바라기는 놀라지도 않았다. 이미 무사히 철조망을 통과해 본 경험이 있기 때문이다. 그때는 정말 목숨을 걸고 넘었는데, 결국 아무

일도 일어나지 않았다. 이제 와서 유튜버가 대단한 비밀을 알려 준다는 듯 떠드는 꼴이 우스워 "피식" 웃음이 나왔지만, 더 많은 정보를 듣기 위해 일단 잠자코 있었다.

"그렇다고 그 시설이 우리와 계약을 해지한 것도 아냐. 돈은 제때 못 주면서 계약은 유지한 어정쩡한 상태가 계속됐지. 입금이 제대로 안 되니 유튜브라도 찍을 생각이었어. 토탈이 왜 날 내버려뒀냐고? 난 거기 시설 관리자니까."

유튜버는 해바라기를 한 번 쓱 보더니 히죽거리며 말을 이었다.

"네가 탈출할 수 있었던 건 네가 대단해서가 아냐. 거기 고압 전류 흐르는 철조망 있지? 전기 공급이 잘 안 돼서 고압 전류가 제대로 흐르지 않은 지 오래였어. 흐르다가 말다가 그러지. 네가 고압 전류를 회피할 수 있다고 생각해? 넌 그냥 운이 좋았던 거야. 네가 탈출할 때 마침 고압 전류가 안 흘렀던 거지. 네가 탈출 후에 체포되지 않은 것도 같은 이유야. 그냥 세상이 너희들한테 관심이 식었을 뿐이라고. 원래 너희는 죄를 짓지 않았으니 아무도 널 잡으러 오지 않는 게 당연한 이치잖아."

모든 게 허상이었다니! 위험한 장애물로 여겼던 것들이 그냥 허울뿐인 껍데기였다니! 해바라기는 기가 찼다. 아직도 그 시설에 속고 있을 아이들을 얼른 구해 줘야 했다.

해바라기는 유튜버에게 솔깃한 제안을 했다. 자신은 산으로 탈출한 후 한참 동안 헤매서 용광로의 위치를 정확히 모르니, 용광로가 어디 있는지 가르쳐만 주면 큰 사건을 일으키겠다고. 그 장면을 촬영해서 유튜브에 올리면 구독자가 폭발적으로 늘 거라는 말에 유튜버의 눈이 반짝거렸다. 그 후부터 그는 적극적으로 나서기 시작했다.

이런 치사한 제안을 하는 게 싫었지만, 동생을 구하려면 어쩔 수 없었다. 아무리 영상을 올려도 구독자가 500명을 넘지 않던 유튜버는 흔쾌히 동의했다. 유튜버는 해바라기를 자신의 차에 태워 용광로로 향했다. 의외로 금방 도착했다. 집에서 그리 멀지 않은 곳에 있었던 것이다.

"아이들을 구하려면 서두르는 게 좋을 거야. 토탈이 번개를 여러 번 맞은 뒤로는 상태가 영 별로거든. 관리가 안 되니까 갈수록 엉망이 된 셈이지. 그전부터 예산이 줄어 업데이트가 제대로 안 되긴 했었는데, 이제는 아예 손을 놓은 것 같아. 어쩌면 이미 고장 났을지도 몰라. 그럼 어떻게 행동할지 예측할 수 없어."

해바라기는 기가 찼다. 그렇게 중요한 말을 왜 이제야 하는 거야!

"그 말을 왜 이제야 해요?"

"나랑 상관없는 일이기도 하고. 토탈이 미쳐 날뛰면 내 영상 조회수가 더 올라갈 것 같기도 했고……."

해바라기는 화가 치밀었지만, 자신이 갇혀 있던 시설의 꼴을 눈앞에서 보니 그게 더 기가 막혔다. 밖에서 보면 정말 허술하기 짝이 없는 시설인데, 기껏해야 저런 곳에 꼼짝없이 갇혀 있었다니. 하지만 토탈에게 들키면 다시 잡혀갈지도 모른다.

“진기야! 내 목소리 들려?”

해바라기는 토탈에게 잡힐까 봐 감히 시설 안으로 들어가지는 못했다. 대신 밖에서 시설 쪽을 향해 힘껏 소리를 질렀다.

“진기야, 나야, 나! 네 형이라고!”

“진기야, 내 목소리 들릴 거야. 얼른 그 렌즈 벗어!”

◇

무슨 소리지? 동바는 렌즈 때문에 눈이 뻑뻑할 때마다 손으로 눈을 비빈다. 그럴 때마다 가끔 헛것이 보였다. 저만치 보이는 아파트와 학교에서 아이들이 자신을 쳐다보고 있었던 것이다. 동바는 그게 유령들이라고 생각하고는 무서워서 눈을 끔뻑했다. 그러면 헛것은 금세 사라졌다. 근데 이건 또 무슨 일이람. 이제는 헛것이 보이는 게 아니라 이상한 소리가 들렸다. 이건 분명 형 목소리인데, 형이 여기 있을 리가 없지 않은가. 아이들에게 물어보고 싶었지만, 괜히 이상한 소리를 늘어놓다가는 또 핀잔을 들을 것 같았다. 하지만 아무래도 이상했다. 분명 형 목소리가 맞았다. 근데 그럴 리가 없지 않은가. 게다가 저 목소리의 주인이 정말 형이라면 렌즈를 벗으라는 위험천만한 소리를 할 리가 없다. 렌즈를 벗으면 눈이 멀어 버리니까.

동바는 용기를 내 튤립에게 물어봤다.

“튤립아. 사랑합니다.”

"말 걸지 마. 나 힘들어. 늘 그렇듯이."

"너 저 목소리 들려?"

"어, 들려."

튤립은 아무렇지 않다는 듯 대꾸했다.

"응. 저건 사이렌의 목소리야. 우리를 유혹해서 파멸시키려는."

카라도 시큰둥하게 대꾸했다.

"저거 우리 형 목소리인데?"

동바가 말하자 튤립과 카라는 물론이고 주변에 있던 모두가 "와하하" 웃었다.

"그럼 그렇지, 역시 우리는 지금 단체로 환청을 듣는 거야. 더러 아파트나 학교처럼 헛것을 보듯 지금 우리는 환청을 듣는 거라고. 어쩌면 토탈이 우리를 테스트하기 위해 해바라기 소리를 흉내 내고 있는 건지도 몰라. 저게 네 형 목소리라고? 저건 도망친 해바라기 목소리야. 도망친 애가 여기 다시 돌아올 리가 없잖아."

형 목소리인데 그게 도망친 해바라기 목소리라면, 형이 해바라기라는 말이 된다. 그러나 동바는 거기까지는 생각하지 못했다. 아이들 말대로 토탈이 테스트하는 것일 수도 있으니 잠자코 있기로 했다.

◇

"유튜버 형, 제 동생이 말을 듣지 않아요. 그것도 무리는 아니에요.

저 렌즈를 벗으면 눈이 머는 줄 알거든요."

"빨리 어떻게든 해 봐. 내 핸드폰 배터리가 얼마 없어. 얼른 촬영 끝내야 하니까."

"제 말을 듣고도 못 들은 체하니 방법이 없어요. 제가 저기 다시 들어가면 토탈이 저를 체포할 거예요."

"그럼 어쩌지?"

해바라기는 유튜버를 빤히 쳐다보고는 어려운 부탁을 했다.

"형은 저기 마음대로 들락날락 했잖아요. 형은 저기 갇혀야 할 사람이 아니니 토탈이 신경 안 쓰잖아요. 형이 저기 들어가서 애들한테 제가 왔다고 말해 주면 안 돼요?"

하지만 유튜버는 쓴웃음을 지으며 고개를 저었다.

"그건 안 돼. 내 방송의 원칙은 절대 개입하지 않는다는 거야. 내가 개입해서 상황을 만들어 버리면 그건 의도적으로 연출한 꼴이 될 테니까. 그럼 구독자가 늘기는커녕 기존 구독자들도 구독을 끊을걸."

"하, 정말!"

해바라기는 이 와중에도 구독자와 조회수만을 신경 쓰는 유튜버에 넌더리가 났다. 하지만 그를 설득할 방법이 없었다.

"그럼 형, 전기를 끊으면 홀로그램도 꺼지겠죠? 그럼 아이들이 진짜 세계를 볼 수 있겠죠?"

그 말에 유튜버는 눈이 동그래졌다. 위험천만한 일이지만, 그런 장면을 보여 준다면 조회수가 폭발할 것 같았다. 전기를 끊어 버리다니,

얼마나 매력적인 장면인가.

"좋아요, 제가 전선을 끊어 버릴게요. 여기 전봇대가 어디 있죠?"

"그걸 왜 나한테 물어? 난 개입 안 한다니까."

예전 같으면 입에서 욕이 절로 나왔겠지만, 용광로에서 일하는 동안 욕을 끊고 살아서 욕하는 습관이 사라져 버렸다.

"전봇대가 없어. 그럼 대체 전기가 어디로 흘러가는 거지?"

해바라기가 중얼거렸지만 유튜버는 대꾸해 주지 않았다. 해바라기는 유튜버의 핸드폰을 빌려 인터넷으로 검색해 봤다. 결과는 절망적이었다. 이 부근에 전봇대가 없는 건 전력이 매립형 케이블로 이어지기 때문이다. 그리고 매립 깊이는 보통 1미터 이상이었다. 어디 묻혀 있는지도 모르는데 근방의 땅을 모두 1미터 깊이로 삽도 없이 파낼 수는 없었다. 게다가 함부로 케이블을 잘랐다가는 대형 아크가 발생하거나 폭발이나 화재, 치명적인 감전 사고가 발생할 수 있다. 절단된 케이블에서 전류가 공기 중으로 점프해서 번개처럼 튀는 현상이 아크였다. 그런 현상이 벌어지면 주변이 아주 밝게 번쩍여서 정말로 실명할 수도 있다. 게다가 주변 공기가 순간적으로 엄청난 고열로 가열돼 너무 위험했다.

"어쩌지. 여기까지 와서 방법이 없어!"

해바라기가 머리를 쥐어뜯자 유튜버의 핸드폰에 알림이 수두룩하게 뜨기 시작했다.

◇

"동바야, 얼른 일이나 해. 렌즈 벗으라는 이상한 소리에 현혹되면 넌 시력까지 잃게 돼. 넌 이미 많은 걸 잃었으니 더 이상 뭔가를 잃으면 안 돼."

튤립이 점잖게 타일렀다.

그러나 동바는 직감적으로 그렇게 해야 할 것 같았다. 그리고 늘 그렇듯 단순하게 생각했다. 형 목소리가 들린다면, 형이 이 부근에 있다는 걸 의미한다. 그게 동바가 내린 단순한 결론이었다. 그리고 형이 렌즈를 벗으라고 말하는 건 분명 그럴 만한 이유가 있을 것이다. 형이 동생에게 해코지를 할 리가 없으니까.

동바는 형의 목소리를 믿어 보기로 했다. 돌을 나르느라 시커메진 손가락을 두 눈으로 가져갔다. 그러고는 정말 렌즈를 벗을까 말까 망설이고 있었다.

◇

도와줘라!

이 매정한 놈아, 해**기 님 안 도와주면 구독 끊는다!

얼른 도와주라고! 넌 도와줄 수 있잖아!

비난성 악플이 달리기 시작했다. 그건 유튜버에게 견디기 힘든 압박이었다.

"좋아, 구독자 님들이 이렇게 부탁하니까 특별히 이번 한 번만 도와주지."

유튜버는 사실 이 시설의 배전함 위치를 알고 있었다. 영상 촬영을 위해 뻔질나게 기웃거렸으니 모를 리 없었다. 하지만 유튜버와 전혀 상관없는 장치인 데다, 정부 소유였기에 함부로 손댔다가는 어떤 대가를 치를지 몰랐다. 무엇보다, 자기가 굳이 전기를 차단해 줘야 할 이유가 없었다.

"내가 배전함 위치를 알려는 줄게, 그렇다고 네게 그걸 건드리라고 말하는 건 아냐. 그냥 위치만 말해 줄게. 난 네가 그걸 안 건드렸으면 해. 난 분명 이렇게 말해 뒀다. 모든 민·형사상 책임은 너에게 있다는 걸 분명히 하자."

"아휴, 얼른 말이나 해요!"

◇

돌무더기 잔해에 숨은 아이들은 수상한 두 사람을 훔쳐보며 오들오들 떨었다. 언제부턴가 세상이 이상해졌다. 가끔 세상이 찌그러져 보이거나, 마치 티브이 화면이 고장 난 것처럼 순간 일그러질 때가 있었다. 그러다가 다시 정상적으로 익숙한 풍경이 보이곤 했다. 아무래도 카라 말처럼 이 행성에도 종말과 죽음이 다가오나 보다.

세상이 일그러져 보이거나 지평선이 찌그러져 보일 때 두 사람의 형체가 보였다. 그들은 마치 유령처럼 보였다.

"유령인가 봐. 이제 토탈로 안 되니까 유령까지 보내나 봐. SF에서 호러로 장르가 바뀐 셈이지. 영화 같은 인생입니다."

"우리를 잡아먹을지도 몰라. 맛있습니다."

그때 순찰을 대폭 강화한 토탈이 아이들 머리 위에서 뚝 멈췄다.

"지금 뭐 하는 건가, 고장 난 휴먼들?"

"유, 유, 유령을 감시하고 있습니다, 토탈 님. 사랑합니다."

동바가 벌벌 떨며 대꾸했다. 차라리 아무 말도 하지 말 것이지.

"유령?"

토탈이 동바에게 관심을 보이자 다른 아이들이 불안한 눈길로 동바를 쳐다봤다. 동바가 아무래도 상황 파악이 잘 안 된 것 같았다.

"네, 토탈 님. 저쪽에 유령이 있거든요. 신기합니다."

그 말에 토탈은 동바가 가리키는 쪽으로 렌즈를 돌려 그곳을 확대해 봤지만, 재빨리 숨은 유튜버와 해바라기를 발견하지는 못했다.

"아무것도 안 보이는데, 고장 난 휴먼?"

"분명 저는 봤습니다, 토탈 님."

"왜 긍정적인 말로 문장을 끝맺지 않지? 그리고 왜 존재하지도 않는 유령 얘기를 꺼내며 거짓말을 하지? 넌 교육이 덜 됐군. 보다 강한 훈육이 필요해. 노 페인, 노 게인."

그 순간 토탈의 두 눈알 노릇을 하는 렌즈가 핏물로 충혈된 듯 새빨개졌다. 마치 굶주린 좀비처럼 보였다. 토탈은 갑자기 용광로 일대를 빠른 속도로 비행하기 시작했다. 너무 빨라서 울음소리 같은 굉음까지 냈다. 이상해진 토탈은 탑재한 M69 연습용 수류탄을 몽땅 투하했다. 여기저기서 폭음이 터졌고 연기가 자욱해졌다. 아이들은 번개를 피하듯 탑 아래로 도망쳐 몸을 웅크리고 머리를 감쌌다. 수류탄을 다 떨어뜨린 토탈은 곧 동바 쪽으로 돌아왔다. 그러고는 여태 한 번도 꺼낸 적 없던 로봇 팔을 꺼내 동바의 멱살을 잡고 허공으로 들어 올렸다. 동바는 점점 위로 올라가며 두 발을 버둥거렸다. 아이들은 눈이 휘둥그레져 마른침을 꼴깍 삼켰다. 이제 알게 될 것 같았다. '교육이 덜 된 인간'을 토탈이 어떻게 교육하는지. 동바는 화산 꼭대기로 가게 될 것 같았다.

유튜버는 그 장면을 냉큼 카메라에 담으며 토탈이 뭔가 놀라운 짓을 해 주길 바랐다. 토탈은 그대로 1미터쯤 올라가더니 동바를 떨어뜨렸다. 동바는 바닥에 나뒹굴었지만 다친 데는 없었다. 토탈은 로봇 팔을 휘두르며 난데없이 팬터마임 춤을 추기 시작했다. 튤립이 추던 춤이었다. 아무래도 토탈이 그 춤을 학습한 것 같았다. 정말 정상이 아닌 듯했다. 그래서 더 무서웠다. 저 춤이 끝나면 또 무슨 짓을 할지 아무도 예측할 수 없었다.

춤이 끝나자 토탈은 다시 동바 쪽으로 휙 날아갔다. 이제 정말 끝이다. 뭘 어떻게 할 수 있는 게 없다. 동바는 이제 끝장이라고. 다들 그렇게 생각했다.

"야! 토탈아, 내가 왔다. 꿱꿱!"

해바라기는 동생을 구하기 위해 괴성을 지르며 토탈의 이목을 끌었다. "꿱꿱 꿰에엑" 하는 비명이 들리자 토탈은 그쪽으로 렌즈를 돌렸다. 토탈은 동바를 내버려두고 해바라기 쪽으로 빠르게 날아갔다.

달리기를 잘하는 해바라기는 있는 힘껏 달려 유튜버가 일러 준 배전함 쪽으로 갔다. 배전함은 녹이 슬고 거미줄이 쳐져 있었다. 녹슬어 있긴 해도 자물쇠는 자물쇠였다. 해바라기가 맨손으로 어떻게 할 수 있는 게 아니었다. 망치 하나만 있어도 동생을 구할 수 있는데! 토탈은 점점 해바라기 쪽으로 가까워졌다. 토탈은 당연히 해바라기의 얼굴을 기억하고 있었다. 도망친 해바라기는 토탈에게 교육의 대상이 아니었다. 처벌의 대상이었다. 거짓말을 하고 규율을 어긴 동바는 그다음 차례였다.

◇

"여기까지 와서 망치 하나가 없다니! 왜 진작 준비해 오지 않았던 거야!"

해바라기는 토탈을 보고 얼굴이 하얗게 질렸다. 몸이 뻣뻣해지고 가슴이 쿵쾅거려 손도 덜덜 떨렸다. 그대로 꼼짝도 못하고 얼어붙었다. 그때 해바라기 발치에 단단한 뭔가가 걸렸다. 아까 카라가 짜증

내며 툭 던져서 데굴거리며 굴러갔던 그 돌멩이였다.

해바라기는 돌멩이를 냉큼 집어 배전반의 녹슨 자물쇠를 힘껏 내려쳤다. 토탈이 더 다가오기 전에 있는 힘을 다해 치고 또 쳤다. 자물쇠가 깨졌다. 하지만 이제 토탈에게 붙들리기까지는 정말 몇 초도 남지 않은 것 같았다.

"됐다! 형, 배전반 열었어요. 이제 어떻게 하죠?"

유튜버는 '강 건너 불구경' 하듯 그 광경을 카메라에 담으며 무심하게 대꾸했다.

"메인 차단기를 아래로 잡아당기라고 난 말하기 싫어. 가장 굵은 레버지만 네가 그걸 건드리는 걸 난 원치 않아."

해바라기는 메인 차단기를 꽉 잡고 아래로 힘껏 잡아당겼다. 그러면서 목청껏 소리쳤다.

"진기야, 얼른 눈에서 렌즈 벗어! 그거 벗어도 안전해. 아니, 벗어야 해! 너희들도 모두 렌즈 벗어! 날 믿어, 나 해바라기야!"

해바라기가 메인 차단기를 내리자 아이들을 속이고 있던 거짓 세상이 막을 내렸다. 시설의 안팎을 구분 짓고 아이들을 속이던 홀로그램이 신기루처럼 맥없이 사라졌다.

"이거 분명 형 목소리 맞는데, 왜 자꾸 렌즈를 벗으라는 거야."

동바는 어릴 때부터 뭘 잘 모를 때는 형한테 물어봤다. 그러면 형이 대신 생각해 주고 답을 일러 주었다. 지금도 그래야 할 것 같았다. 동바는 렌즈를 벗었다. 그러자 모든 게 선명해졌다. 렌즈를 벗은 동바에게 아무 일도 생기지 않자, 아이들도 용기를 내 하나둘씩 렌즈를 벗기 시작했다. 의심이 많은 카라는 흑장미보다도 더 늦게, 가장 마지막에 렌즈를 벗었다. 렌즈를 빼는 카라의 손이 부들부들 떨렸다. 이제 모든 아이들이 렌즈를 벗었다. 순간, 아이들은 허탈감에 풀썩 주저앉았다. 그동안 감쪽같이 속았다니, 이곳이 그냥 도시 변두리의 공터였다니!

"진기야!"

해바라기는 전속력으로 달려가 동바를 와락 껴안았다.

엄마처럼 보이는 외계인

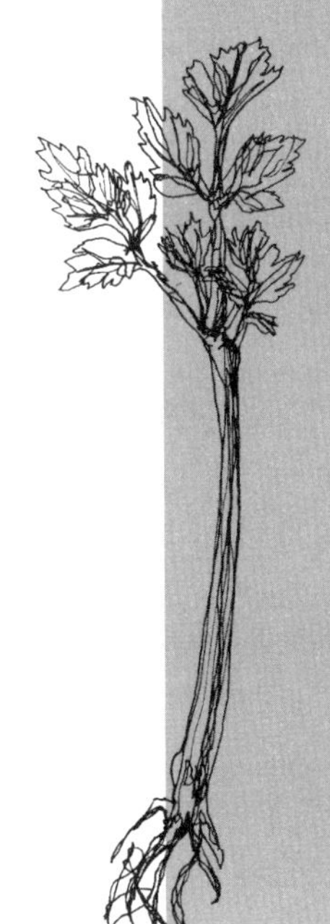

“자, 이제 여기서 나가도 돼. 나도 나갔잖아. 진기야, 얼른 집에 가자. 엄마가 기다리셔.”

해바라기는 동바의 손을 잡고 이끌었다. 하지만 아이들이 말렸다. 특히 미나리가 반대했다.

“가고 싶으면 너희들끼리 가. 여기서 도망치면 전부 탈옥범이 되는 거라고. 어차피 난 1점만 더 채우면 되거든. 어차피 이대로는 집에 가도 엄마가 문 안 열어 줄 거야.”

미나리가 어깃장을 놨다.

흑장미는 미나리를 보며 우습다는 듯 히죽거렸다. 전력이 차단되자 판옵테스의 전원이 꺼졌다. 토탈은 아직 배터리의 전원이 남아 있어 비행이 가능했지만 판옵테스로부터 새로운 지시를 받지 못해 그냥 허공만 날아다녔다. 동바에게 해코지하진 않지만 여전히 아이들을 촬영하며. 모두 불안한 눈으로 토탈을 쳐다봤다.

미나리 말이 맞았나 보다. 언제 출동했는지 어느새 차량 한 대가 용광로 쪽으로 빠르게 다가오고 있었다.

"우린 망했어! 이제 저 자동차에서 외계 군단이 내릴 거야!"

카라가 투덜거렸다.

느낌이 좋지 않은 건 다른 아이들도 마찬가지였다.

자세히 보니 택시였다. 택시가 용광로 앞에서 멈추자 여자가 급히 차에서 내렸다. 정말 오랜만이었다. 저 나이 정도의 인간을 만나는 건. 동바는 입을 헤벌리고 그쪽을 바라봤다. 카라 말이 맞았나 보다. 아무래도 새로 오는 책임자 같았다. 지금껏 형 말은 대체로 옳았지만, 이번만큼은 카라가 옳은 것 같았다. 함부로 용광로를 나갔으면 새로 온 책임자에게 체포될 뻔했다. 새로 온 책임자는 아마 자동차 트렁크에 더 강력하게 업그레이드된 토탈 II도 실어 왔을 것이다.

근데 저 여자는 누구지? 동바는 먼발치에서 중년의 여자를 보며 긴가민가 헷갈렸다. 엄마를 닮은 것 같기도 하고 아닌 것 같기도 했다. 그동안 홀로그램에 속고 살아서 이제 뭘 봐도 믿을 수 없을 것 같았다. 저 여자 뒤에서 뉴턴이 사과를 들고 있어도 이상할 게 없을 것 같았다. 그런데 뉴턴을 어떻게 알고 있지? 동바는 그새 많이 똑똑해진 것 같았다.

"진기야!"

여자가 아이들을 향해 외쳤다. 아이들은 서로를 바라보며 "네 이름이 진기냐?" 하고 물었다. 다들 아니라고 했다. 역시나 새로 온 책임자 같았다. 저런 식으로 아이들을 테스트하는 것이다.

"진기야, 엄마 왔다!"

"외계인이야. 저 여자는 암컷 외계인이라고. 용광로가 붕괴되니까 직접 와서 우리를 다른 행성으로 데려가려는 거야. 두고 봐. 곧 본색을 드러낼 거야. 그리고 저 화산도 곧 폭발할걸."

카라가 불길한 목소리로 동바에게 속삭였다.

동바는 헷갈렸다. 생김새도 그렇고 목소리도 그렇고 분명 엄마였다. 하지만 이제 뭐든 확신할 수가 없었다. 동바는 무서워서 카라 등 뒤에 숨었다.

"엄마, 내 동생 여기 있어! 다리도 불편한데 여기까지 어떻게 왔어?"

해바라기가 동바를 카라 등 뒤에서 끄집어내며 손을 흔들었다.

엄마는 절뚝거리며 뛰어오더니 아들들을 껴안았다.

"세상에, 우리 아들이 이런 곳에 있었다니! 진기야, 내가 널 얼마나 찾아다녔는지 알아? 여기서 이 고생을 하고 있었단 말이야? 윗집 아이가 유튜브에서 널 봤대. 그 말을 듣고 온 거야. 이제 집에 가자. 미안하다, 이런 곳에 오게 해서 엄마가 정말 정말 미안해."

엄마는 해바라기가 사라졌다 집에 돌아온 뒤로, 해바라기의 핸드폰에 위치 추적 앱을 깔아 뒀다. 또 사라지면 직접 찾아 나설 생각이었다. 해바라기가 다시 사라졌을 때, 엄마는 덜 나은 다리를 힘겹게 움직여 곧장 집을 나서려고 했다. 그때, 윗집 아이가 초인종을 눌렀다.

"아줌마! 편의점에서 가출한 진기 형이 왜 유튜브에 나와요?"

◇

엄마는 토탈을 노려봤다. 이제 배터리가 방전돼 땅에 추락한 토탈은 시선을 피하듯 렌즈를 아래로 깔고 있었다. 고장 난 렌즈는 요리조리 눈알을 돌리듯 마구 회전하고 있었다.

용광로에서 조금 걸어 나가자 바로 버스 정류장이 있었다. 곧 버스가 왔다.

"바로 근처에 버스 정류장이 있었다니! 자유가 바로 옆에 있었다니! 된장!"

튤립이 가슴을 "땅땅" 쳤다.

"엄마, 251번 버스 와. 저거 타면 집에 가?"

동바가 버스를 가리켰다. 엄마는 고개를 끄덕이면서 깜짝 놀랐다. 아들이 이제 251을 읽을 수 있게 된 것이다.

"어른 1명, 청소년 9명요."

엄마는 교통카드로 청소년 요금 9명 분을 찍어 주었다.

"8명만 찍으세요. 전 안 가요. 탈옥범이 되고 싶지는 않아요. 전 1점만 더 채우면 되거든요."

한 명이 버스에 오르기를 거부했다. 미나리였다. 점수를 다 채워 떳떳하게 집에 가고 싶으니 내버려두라는 것이었다.

"애들아, 잘 가. 행복해야 해. 나머지 구역의 아이들은 내가 풀어 줄게."

아이들이 버스에 다 올라타자 유튜버가 상냥한 미소를 지은 채 손을 흔들어 주었다.

"한 대 콱 쥐어박고 싶어."

흑장미가 커다란 주먹을 불끈 쥐어 보이며 고함치자 유튜버가 움찔했다. 그러면서도 버스가 떠나는 모습까지 영상으로 찍었다.

동바는 문득 이배리 할머니께 드린 책이 어떻게 됐는지 궁금해졌다. 할머니는 쓰러지셨으니까 그 책은 어딘가에 있을 것이다. 이곳이 철거되면 책도 같이 이 세상에서 영영 사라질 것이다. 물론 이배리 할머니께 드린 책이 진짜 마법의 책인지, 자신이 옮겨 적은 사본인지는 동바도 몰랐다. 그 책이 진짜든 아니든 이제 다시 볼 수 없을 것 같았다. 하지만 동바는 그냥 그러려니 했다. 이제는 다 끝이다. 사라질 책이 진본이든 사본이든 중요한 게 아니었다. 집에 갈 수 있다는 게 가장 중요했다.

해바라기는 옆에 앉은 동생의 손을 꼭 잡고 놓지 않았다. 동바는 문득 자기가 밑줄 친 문장이 생각났다.

모험을 끝낸 아이들이 손을 잡고 웃는다.

동바는 형을 바라보며 씩 웃었다.

"근데 해바라기야, 궁금한 게 있어."

카라가 물었다.

"뭔데?"

"너 여기서 탈출해서 어떻게 산 거야? 물도 음식도 없었잖아. 혹시 지구에서 구조대가 와 준 거야?"

카라는 아직 자신의 세계관을 버리지 못했다. 이 버스는 우주선 발사대로 가는 거라고 주장하고 있었다.

해바라기는 고개를 흔들었다.

"나도 몰라. 누군가가 도와준 거 같아."

해바라기는 그날 일이 떠올랐다. 탑을 쌓다 말고 엄마랑 동생이 너무 걱정돼 도망치던 그날이.

그날은 비가 오지 않은 지 보름쯤 되던 날이었다. 슬슬 비가 올 때도 됐다. 마침 먹구름이 몰려오고 있었다. 비만 와 준다면 마실 물이 생기니까 살아남을 수도 있다! 어떻게든 나무토막을 주워 바다에 띄우면 육지에 닿을 수도 있다. 행운이 도와준다면. 어쨌든 오늘이 기회다!

그때 토탈이 아이들 머리 위로 지나갔다. 토탈이 다음번에 이쪽을 다시 순찰할 때까지 얼마간의 시간이 있다. 왠지 이번 순찰을 마치고 배터리를 교체하러 갈 때가 된 것 같았다. 이때다! 이번 기회를 놓치면 안 될 것 같았다.

해바라기는 더 이상 망설이지 않았다. 망설이느라 허비할 시간에 한 걸음이라도 더 멀리 뛸 생각이었다. 해바라기는 그간 몰래 모아 둔 작은 돌멩이들을 주머니에 잔뜩 넣고 철조망을 향해 전속력으로 뛰기 시작했다. CCTV에 포착될까 봐, 토탈에게 잡힐까 봐 두려워 다리가 후들거렸다. 녀석은 달리기를 잘했다. 들키기 전에 시야에서 벗어나야 했다. 철조망에 고압 전류가 흐른다지만 체구가 작고 유연한 해바라기는 남들보다 유리했다.

카라와 튤립은 도망치는 해바라기를 발견했지만 굳이 막아서고 싶지는 않았다. 두 사람은 해바라기를 걱정하면서도 그냥 도망치도록 내버려두었다. 그리고 응원했다. 해를 가려 주는 두꺼운 구름도 해바라기를 도와주는 것 같았다.

고압 전류가 흐르는 철조망이 앞을 막았다. 점프를 하기에는 너무 높고, 틈 사이로 비집고 통과하기엔 너무 촘촘했다. 땅을 팔 수도 없게 철조망 부근에는 콘크리트가 발라져 있었다.

이 방법이 정말 통할까? 하지만 머뭇거리기에는 이미 늦었어. 이 계획이 실패하면 난 그냥 저 철조망 속으로 뛰어든다. 해바라기는 이렇게 마음먹었다. 반드시 집으로 돌아가야 했으니까.

해바라기는 미리 생각해 둔 대로 철조망을 향해 작은 돌멩이를 몇 초 간격으로 계속 던졌다. 눈에 보이지는 않지만 고압 전류가 돌멩이를 때렸을 것이다. 무서워 침을 "꼴깍" 삼킨 해바라기는 주머니에 있는 돌멩이들을 철조망을 향해 산탄총처럼 한꺼번에 흩뿌렸다. 그러자 철조망의 전류가 과부하를 일으켰는지 순간 오작동이 일어난 것 같았다. 얼마 전부터 용광로의 전력 상태는 시원치 않았고, 해바라기는 그걸 알기에 용기를 얻었던 것이다. 그러나 막상 철조망을 통과할 생각을 하니 좀처럼 발이 떨어지지 않았다. 그때 해바라기를 촬영하던 유튜버가 부추겼다.

"괜찮을 거야, 아마도. 용기를 내 봐."

아무 관심도 없이 자기 채널 영상이나 챙기는 유튜버 때문에 부아가 치밀었지만, 해바라기는 이 순간 저 인간의 말이라도 믿고 싶었다. 정말 괜찮을까? 만약 괜찮지 않다면……

망설일 시간이 없었다. 망설이는 동안 전기 장치가 정상화될 테니까. 유튜버는 계속 부추겼다. 해바라기는 불길에 뛰어드는 심정으로 손과 팔을 옷으로 두른 채 철조망에 올라탔다. 일단은 감전되지 않았다. 하지만 3초 뒤, 어쩌면 1초 뒤에 다시 전기가 흐를 수도 있다. 언제 다시 전기가 흐를지는 모른다. 해바라기는 날렵한 고양이처럼 뛰어 올라 순식간에 철조망을 넘었다. 날카로운 가시철사에 찔려 손과 허벅지에 피가 흘렀지만, 아픔이 느껴지지 않았다. 그대로 철조망과 기둥을 냅다 통과한 해바라기는 전속력으로 뛰었다.

그런데 이상하게도 기둥을 통과하자마자 높다란 화산과 바다가 사라졌다. 대신 저만치 이상한 건물들과 산이 보였다. 희한한 일이었다. 도대체 여기가 어딘지 해바라기는 감을 잡을 수 없었다. 어쩌면 늘 카라가 겁에 질려 투덜거린 것처럼 여기가 외계 행성인지도 모르겠다는 생각마저 들었다. 카라는 늘 그들이 외계인에게 납치당해 외계 행성에서 실험을 당하고 있는 거라고 주장했다. 그런데 이곳이 정말 외계 행성이라면 용광로를 벗어난다고 해도 엄마한테는 어떻게 가지?

토탈에게 들킬지도 모르는 상황에서 그런 걸 생각할 겨를은 없었다. 해바라기는 건물 방향 대신 산을 택했다. 이곳의 정체가 뭐든 건물 쪽으로 갔다가는 금세 붙잡힐 것 같았다. 몸을 숨기면서 도망치기에는 산이 딱 좋았다. 나무가 해바라기를 숨겨 줄 것이다. 그러면 토탈은 찾을 수 없을 것이다.

"헥. 헥. 헥." 겁에 질려 전속력으로 산을 뛰어 올라가던 해바라기는 목이 타서 쓰러질 것 같았다. 해바라기는 지금 가지고 있는 마실 물도, 먹을 음식도 없었다. 당연했다. 음식은 그날그날 최소한만 보급되었기 때문이다. 이것도 도주를 방지하려는 계획이었다. 비를 뿌릴 듯 몰려들었던 먹구름도 해바라기가 뛰기 시작하자 금세 흩어졌다. 뙤약볕이 다시 쨍쨍 내리쬐었다. 나뭇잎 사이로 비치는 햇살이 너무 뜨거워 피부가 탈 것 같았다.

여기가 어디지. 대체 몇 시간째 산을 헤매고 있는 거지. 해바라기는 이제 헛것을 보기 시작했다. 산은 끝이 없었다. 산길로 걸으면 나무가 가려 줄 수 없으니 일부러 나무 밑으로만 가야 했다. 그건 사람이 다니는 길이 아니라 발굽이 있는 짐승들이나 뛸 수 있는 거친 땅이었다. 끝없이 걷다 보니 그냥 지구 자체가 산으로 변해 버린 것만 같았다. 지구는 둥그니까 계속 걸어 봤자 제자리로 돌아올 것 같았다.

얼마나 더 걸었는지 모른다. 해바라기는 너무 배가 고파 근처에 난 버섯을 정신없이 씹어 먹었다. 벌레도 몇 마리 잡아먹었다. 여기서 살아남으면 이 벌레 맛은 평생 못 잊을 것이다. 그렇게 또 얼마간 버텼다.

다시 얼마나 걸었는지 모른다. 아무래도 산속에서 길을 잃고 빙글 빙글 제자리를 헤매는 것 같았다. 산의 끝은 아직 보이지 않았다. 이건 산이 아니라 산맥이야! 나는 산에 들어온 게 아니라 거대한 산맥에서 길을 잃은 거라고! 해바라기는 절망했다. 물 한 모금 마시지 못한 녀석은 곧 쓰러질 것 같았다. 안 돼! 여기서 쓰러지면 절대 안 돼! 꼭 집에 가야 해! 해바라기는 용기를 내고 주먹을 불끈 쥐었다. 하지만 의지력만으로 갈증과 굶주림을 이겨 낼 수는 없었다. 게다가 조금 전 정신없이 먹어 댄 버섯이 심각한 배탈을 일으켰다. 녀석은 어느 순간 풀썩 쓰러지고 말았다.

해바라기가 산속에서 쓰러지던 그때, 동생 동바는 탑 쌓기에 막 적응을 해나가고 있었다. 할머니께 치킨, 피자, 짜장면도 얻어먹은 다음 날이었다. 하루 휴가를 얻은 동바는 튤립과 카라가 낮잠을 자는 동안 팬티 속에서 마법의 책을 꺼내 노트에 그대로 베끼기 시작했다. 책을 베끼는 동안 마음에 드는 문장에는 밑줄도 그었다.

일어서라, 너를 넘어뜨린 대지를 박차고. 의인이 너의 손을 잡아 줄 것이다.

동바는 왠지 이 문장이 마음에 들었다. 그래서 밑줄을 그었던 것이다. "쿠쿠쿡" 웃으며 "정의는 비록 지각하더라도 오지 않는 법은 없다"와 "외친 대로 메아리 돌아오고 바람 일으킨 자 폭풍을 거두리"라는 문장에 밑줄을 그은 다음 저 문장에 밑줄을 친 것이다. "일어서라, 너를 넘어뜨린 대지를 박차고. 의인이 너의 손을 잡아 줄 것이다"라는 문장에 밑줄을 긋자 왠지 마음이 따뜻해지고 기분이 좋아졌다.

동바가 그 문장에 밑줄을 친 바로 그 순간, 해바라기는 쓰러져 반쯤 정신을 잃은 상태였다. 그때 사람 목소리가 들렸다. 나를 잡으러 오나 보다! 해바라기는 겁에 질려 마지막 남은 힘을 짜냈다. 팔다리에 힘이 하나도 없는 것 같았다. 수풀 속에 숨은 해바라기는 그 사람들이 사라지길 기다렸다. 그때 뒤에서 누군가 막대기로 해바라기의 등을 쿡쿡 찔렀다.

"애, 너 거기서 뭐 하니?"

해바라기가 고개를 돌려 그쪽을 쳐다보자 등산복을 입은 여자가 서 있었다. 해바라기는 겁에 질려 입도 뻥긋하지 못했다. 의식도 희미해진 상태였기에 금방이라도 기절할 것 같았다. 여자는 저만치서 길을 찾던 남자를 불렀다.

"여보, 이리 좀 와 봐. 여기, 애가 넋이 나가 있어. 너도 산에서 길을 잃은 거야? 우리도 길을 잃었어. 늘 다니던 코스인데 방금 전에 이상한 샛길로 들어왔나 봐. 너, 꼴은 왜 그래? 며칠째 굶은 것 같은데."

여자는 일어나지 못하는 해바라기에게 손을 내밀었다. 해바라기는 그 손을 잡고 겨우 몸을 일으켰다. 그게 마지막 남은 힘이었다. 여자는 배낭에서 김밥과 음료수를 꺼내 아이에게 먹였다.

기운을 조금 차린 해바라기는 그들을 따라 걸었다. 곧이어 도시가 나타났다. 도시에 도착하자 길에 떨어진 신문이 눈에 띄었다. '그때 그 아이들은 다 어디로 갔는가'라는 제목의 기사였다.

동바의 기록

해바라기는 '구민기'라는 본명으로 신문에 인터뷰를 했다. 아무런 잘못도 저지르지 않은 많은 아이가 롬브로소 특별법 탓에 용광로에 끌려가서 혹독한 노동을 한 사연이 알려졌다. 모두가 깜짝 놀랐다. 다들 그런 법이 있었다는 것에도 무관심했고, 용광로라는 시설에 대해서도 잊은 지 오래였다. 아이들에 무관심하던 사람들은 맹렬히 그 시설을 손가락질하기 시작했다.

비난 여론이 일자 '롬브로소 특별법'을 지지하던 사람들도 이런 걸 원한 건 아니라고 변명했다. 이 법의 폐기를 망설이던 사람들도 이제 할 말이 없어졌다. 분노가 모이자 결국 법률 폐기 여론이 일어났다. 그나마 대폭 줄어들었던 관련 예산도 곧 완전히 삭감될 예정이라는 발표가 있었다. 청소년 범죄 예방 정책은 원점에서 다시 고민되기 시작했다.

집으로 돌아온 해바라기는 엄마를 병원으로 데려갔다. 해바라기의 사연을 접한 어느 기업에서 의료비를 지원해 준 것이다. 엄마는 곧 걸을 수 있게 됐고, 기업의 제안으로 새로운 직장도 구했다.

그리고 이제 동생 진기와 함께 집에 돌아가는 버스에 올라탔다. 해바라기는 왜 그들이 이런 일을 겪어야 했는지, 마구 화가 났다. 그냥 넘어갈 수는 없었다. 하지만 피해자들의 목소리를 적극적으로 들어주는 사람은 없었다. 그들은 일이 커지는 걸 부담스러워했다. 그래서 쉬쉬하고 묻으려 했다. 불같이 화를 내던 사람들도 며칠이 지나자 급격히 관심이 식었다. 화낼 일들은 세상에 얼마든지 많았으니까. 요즘은 청소년들의 정신 질환 급증 쪽으로 관심이 쏠려 있었다.

화가 난 해바라기는 스스로 나서기로 했다. 이번 일은 이렇게 끝이 나지만, 언젠가 또 이상한 일이 벌어져 애꿎은 약자를 괴롭히는 상황이 올 수도 있으니까. 어쩌면 청소년 정신 질환에 선제적으로 대응한다면서, 울적한 표정으로 학원 가는 아이들을 정신 병원에 가두는 일이 벌어질지도 모르겠다. 그런 일이 벌어진다면 해바라기가 나서서 약자가 싸울 수 있도록 도와야 하니까. 해바라기는 이제 오토바이 타는 걸 그만두고 다른 사람이 되기로 했다.

이번 일만 해도 선과 정의가 악과 불의를 이겼다거나, 불의가 스스로 반성해서 해결된 게 아니다. 부조리는 사라진 게 아니라 단지 잊힌 것이고, 그래서 운용 예산이 깎였을 뿐이다. 예산이 깎여서 부조리의 힘도 약해졌던 것이다. 그러나 늘 이렇게 운이 좋을 수는 없다. 다음 번에도 이런 일이 생기면, 그때쯤이면 어른이 되어 있을 테니 반드시 자신이 해결하리라 마음먹었다.

"진기야, 너 속옷 좀 갈아입어라."

동바가 집에 돌아온 지 며칠이 지났다. 동바는 용광로에서의 습관 때문에 속옷을 잘 갈아입지 않았다. 동바가 속옷을 갈아입으려고 팬티를 벗자 책 한 권이 바닥에 툭 떨어졌다. 용광로에서 주운 그 책이었다. 아니, 그걸 옮겨 적은 필사본일 수도 있다. 모양이 같아 뭐가 진본인지는 모른다. 아무튼 동바는 그 책을 보자 다시 몽당연필을 쥐고 책을 읽기 시작했다. 처음 더듬더듬 책을 읽을 때보다는 훨씬 깊이, 그리고 정확히 읽게 됐다. 동바의 책 읽는 솜씨는 그새 엄청나게 발전했다.

네가 진실로 원한다면 용기와 지혜로써 세상의 빛이 되리니.

동바는 이 문장에서 읽기를 뚝 멈췄다. 그러고는 밑줄을 굵게 쫙 그었다. 너무 마음에 들었다.

◇

동바는 이배리 할머니를 떠올렸다. 쓰러진 뒤로 어떻게 됐는지 모른다. 걱정이 되기도 했다. 할머니는 좋은 분이었다.

문득 할머니가 쓰신 소설책을 읽고 싶다는 생각이 든 동바는 오랜만에 도서관에 갔다. 이배리 소설가의 책을 검색했지만 보관 서고 깊숙한 곳으로 들어간 지 오래였다. 동바가 책의 영안실이라고 생각하던 곳이었다. 죽은 사람이 부활할 수는 없지만 잊힌 책은 다시 읽힐 수 있다. 동바는 사람들이 이배리 할머니의 책들을 다시 찾길 바랐다.

동바는 이배리 작가의 책들을 몽땅 빌렸다. 전쟁고아가 겪는 방임과 무관심에 관한 소설도 있었고, 고아원에서의 학대와 강제 입양 문제를 다룬 소설도 있었다. 마법의 책을 소재로 한 것도 있었는데, 주인공이 마법의 책에 밑줄을 그을 때마다 우여곡절을 겪게 된다는 줄거리였다. 마침내 주인공은 가장 소중한 한 문장을 찾아내 밑줄을 그었고, 하늘나라로 간 가족을 다시 만난다는 내용이었다. 책날개의 작가 소개에는 할머니의 젊은 시절 사진이 있었다. 사진 속 할머니에게는 눈가의 칼자국 같은 상처도 어김없이 있었다. 마음의 상처가 그렇듯, 몸에 난 상처에도 슬픈 사연이 묻어나 보일 때가 있다. 할머니의 상처는 왠지 슬퍼 보였다.

책을 다 읽자, 독자로서 할머니를 꼭 다시 만나 보고 싶어졌다. 정성 들여 쓴 독후감도 보여 드리고 싶었다. 하지만 할머니에게는 이제 정말 시간이 없으니 독후감보다 더 좋은 선물이 있을 것 같았다.

동바는 엄마가 일러 준 병원으로 찾아갔다. 튤립과 카라도 함께 갔다.

"반가워, 애들아. 행복합니다."

동바가 친구들에게 인사했다. 이제 토탈이 없으니 거짓으로 긍정적인 말을 하지 말라고 튤립이 핀잔했다. 동바는 그게 진심이라고 말했다.

깨끗하게 씻고 말끔하게 차려입은 튤립은 정말 잘생겨 보였다. 먼지와 땟국을 씻겨 내니 원래 이런 애였구나! 튤립은 용광로에서 틈만 나면 팬터마임을 응용한 춤을 췄는데, 그게 유튜버 아저씨의 영상을 타고 널리 퍼졌다. 튤립은 어느새 유튜브에서 인기 스타가 돼 있었다. 할머니 병문안을 마치면 곧장 오디션을 보러 간다고 했다. 흑장미와 들꽃도 함께 유튜브 채널을 개설해 용광로 스토리를 팔고 있었지만 인기는 튤립 채널이 훨씬 높았다.

"동바야, 고마워."

부쩍 잘생겨진 튤립이 말했다. 동바는 무슨 말인지 몰라 눈만 끔뻑거렸다.

"네가 용광로에 나타나고부터 생긴 일들은 네가 밑줄 그은 대로 된 거였어. 이상한 문장에 밑줄 안 그어서 정말이지 너무 고마워. 하마터면 토탈이 아니라 너 때문에 집에 영영 못 갈 뻔했어."

카라는 옷깃에 꽃 모양 브로치를 달고 왔다. 칼라릴리였다. 그것은 죽음을 의미하기도 하지만 색깔별로 다양한 꽃말을 지니기도 한다고 말했다. 순수, 신비, 사랑, 감사, 열정 등을 다 포함하는 꽃이라서 자신을 닮았다는 것이다.

녀석은 자신의 세계관이 무너진 것에 대해 애석하게 생각하고 있었다. 용광로가 외계 행성이라는 주장이 틀렸다는 게 분명해지자 카라는 새로운 가설을 세웠다. 자기는 다른 행성 출신인데, 이 지구로 피신한 것인지도 모른다고.

"어쩌면 우리 고향 행성은 진작 돌무덤처럼 됐을 수도 있어. 그래서 머나먼 옛날 우리 선조들은 지구라는 거주 가능한 행성을 가까스로 찾아냈을지도 몰라. 현재로선 유일한 안식처인 이 행성을 돌무덤처럼 만들어 버리면 우린 갈 곳이 없어. 난 이 가설이 틀렸다는 걸 확실하게 입증할 수 없어."

중환자실 문을 열자 이배리 할머니가 누워 있었다. 할머니는 외로워 보였다. 찾아올 가족이나 친구, 친척이 아무도 없어 보였다. 할머니는 평생 돌무덤에서 책을 찾느라 혼자 지내야 했다. 알고 지내는 사람이 아무도 없었다.

'누……구……냐……?'

이배리 할머니가 눈짓으로 동바와 해바라기에게 물었다.

"저희 왔어요. 할머니."

아이들이 고개를 꾸벅하며 인사했다.

아이들을 알아본 할머니는 눈물을 글썽였다. 할머니는 목소리를 내는 게 힘들어 눈빛으로 인사했다. 겨우 목소리를 짜내 용광로를 방관해서 미안하다는 말도 했다. 아이들은 괜찮다고, 지나고 나니 좋은 경험이었다고 말했다. 결국엔 모든 게 다 잘됐다며, 할머니 덕에 먹은 치킨, 피자, 짜장면은 세상에서 가장 맛있는 음식이었다고 말했다.

할머니는 진심으로 아이들에게 미안하다고 했다. 자기는 평생에 걸쳐 그곳에서 어떤 책을 찾고 있었을 뿐이라고. 자신의 관심은 오직 그걸 찾는 것뿐이었고, 아이들이 그걸 도와줘서 고맙다고. 그 책을 찾기 전까지는 절대로 쫓겨날 수 없었기에 용광로에서 일어나는 일들을 방관했다고. 하지만 이것도 다 변명에 지나지 않으니 이런 말을 하는 것조차도 미안하다고.

아이들은 웃으며 할머니의 손을 잡았다. 서로의 체온을 느끼자 진심도 서로에게 전달되는 것 같았다.

"저기, 할머니."

동바가 한 걸음 앞으로 나서며 말했다.

"할머니께 드려야 할 선물이 있어요."

동바는 늘 팬티 속에 감춰 두고 다니던 책을 품에서 꺼내 할머니 배 위에 올려놨다. 동바는 그게 진짜 책인지 사본인지 여전히 알 수 없지만 어쨌든 그 책은 할머니에게 가야 한다.

할머니는 아이들이 책을 찾았다며 집에 가는 걸 도와주겠다고 약속했었다. 그 약속은 할머니가 쓰러지지만 않았다면 지켜졌을 것이다. 동바도 약속을 지켜야 한다. 책을 할머니에게 드려야 하는 것이다.

할머니는 눈물을 글썽이며 책을 보더니 뭐라고 손짓했다. 그새 눈치가 빨라진 동바가 주머니에 넣고 다니던 몽당연필을 꺼내 할머니 손에 쥐어 주었다. 할머니는 기력이 거의 없는 손을 떨며 힘겹게 책장을 넘겼다. 동바가 도와드리려고 했지만 할머니는 손짓으로 거부했다. 원하는 문장이 어디 있는지는 할머니 자신만 알기 때문이다.

마침내 원하는 문장을 찾은 할머니는 눈빛을 반짝였다. 진작 밑줄을 그었어야 할, 하지만 큰 지진 탓에 책이 묻혀 있어 오래도록 그러지 못했던 문장을 찾아낸 것이다. 할머니는 거기에 밑줄을 그었다. 동바는 무슨 문장인지 궁금해 고개를 내밀어 보았다. "시간의 도착지는 모두에게 같다. 사랑하는 사람은 결국 반드시 떠나게 되어 있다"라는 문장 바로 다음의 문장이었다.

그러나 만난 사람이 헤어지듯 헤어진 사람은 다시 만나게 된다.

할머니가 평생 돌무더기를 뒤지며 기다린 문장은 바로 이 한 줄이었다.

문장에 간신히 밑줄을 친 할머니는 책을 바닥에 툭 떨어뜨리고는 잠이 든 듯 눈을 감았다. 할머니는 꿈을 꾸는 듯했다. 아주 행복한 꿈을. 할머니는 그 어느 때보다도 행복해 보였다.

◇

전화를 한 통 받더니 엄마가 또 울기 시작했다. 예전에 일하던 이삿짐센터에서 접시값 갚으라고 또 전화했나 보다. 엄마는 아빠가 집에 못 오게 되고부터 자주 울었다.

"진기야, 얼른 뉴스!"

뉴스를 켜자 미나리가 나왔다. 녀석은 언론사 인터뷰를 하고 있었다. 용광로에서 토탈에게 찍힌 미나리 사진이 자료 화면으로 지나갔다. 힘든 환경에서도 활짝 웃으며 손가락으로 V를 그리는 미나리, 먼지를 뒤집어쓴 채 양팔로 커다란 하트를 그리는 미나리, 누가 다칠 때 먼저 달려가는 미나리, 이래도 웃는 미나리, 저래도 웃는 미나리……. 옆에는 미나리 엄마가 아들의 손을 잡고 훌쩍이고 있었다. 의대 못 가면 사교육비 들인 돈을 이자 붙여 돌려받겠다던 그 엄마 말이다. 특별 전형 자소서에 쓸 스토리를 마련하느라 아들을 용광로에 떠민 그 미나리 엄마가 훌쩍이고 있었다. 미나리는 자기 혼자 그 힘든 걸 다 겪었다는 듯 장황하게 말하고 있었다.

"제가 없었더라면 용광로의 아이들은 버티지 못했을 거예요. 물론 저는 제 할 일을 했을 뿐인걸요. 앞으로 의사가 돼서 도움이 필요한 분들에게 봉사하고 싶어요."

미나리는 이번 일을 성장의 발판으로 삼겠다고 했다. 특별 전형으로 의대에 진학하고 싶다는 희망도 밝혔다.

"쟤는 뭐라고 떠드는 거냐. 진기야, 얼른 다른 채널로 돌려 봐."

동바는 엄마가 시키는 대로 채널을 돌렸다.

"……관련 보도 이어갑니다. 세계아동청소년인권기구는 이번 사태를 주시하고 있다며…… 학대 정황에 대해 즉시 조사에…… 일각에서는 용광로가 국제 비밀 협정에 의한 일종의 다국적 실험이 아닌가 하는 의문을 제기하며, 이번이 한국 주도하에 소년 범죄에 대응할 정책 실험을 할 차례라는…… 이 소식통은 이와 관련된 증거가 있다며…… 용광로 관계자는 극구 부인하며 함구하고 있으며…….”

동바는 듣기 싫어서 다른 채널로 돌리다가 깜짝 놀랐다. 아빠가 나왔다. 수척하고 수염이 많이 자랐지만 분명 아빠였다.

아빠는 총을 든 사람들에게 둘러싸여 있었다.

“해적에 나포되어 735일째 억류 중인 플라워호가 드디어 석방될 예정입니다. 정부는 극적으로 협상을 타결하여…….”

총을 든 사람들은 복면을 쓰고 있었지만 누가 봐도 애들이었다. 동바랑 나이가 비슷해 보이는 아이도 있었고, 더 어려 보이는 애들도 있었다. 그 아이들은 총을 들고 있으면서도 도리어 겁에 질려 있는 것 같았다. 그 아이들도 어쩔 수 없이 자기들만의 탑을 쌓는 것 같다고 동바는 생각했다.

밤부터 내리던 비가 그치자 창밖에서 “멍멍” 소리가 났다. 창문을 여니 동바가 평소 밥을 챙겨 주던 강아지가 꼬리를 흔들고 있었다. 강아지는 버려진 화단에 코를 박고 킁킁대며 냄새를 맡고 있었다.

아빠가 사라지고부터 버려진 화단에는 아무것도 자라지 않았다. 하지만 비가 그치고 나니 뭔가가 화단에서 삐죽 솟아났다. 새싹이었다. 강아지가 뭘 주워 먹고 뱉은 씨앗이 싹을 틔웠나 보다. 새싹이 무엇이 될지는 모르지만 왠지 예쁜 꽃이 될 것 같았다. 동바는 강아지와 함께 새싹을 잘 키울 생각이었다.

◇

시간이 지나면 기억은 희미해진다. 동바는 그 점이 걱정스러웠다. 남들처럼 자기도 이 일을 곧 잊어버릴 수도 있었다. 하지만 이번 일은 절대 잊고 싶지 않았다. 잊지 말아야 할 것은 기록되어야 한다. 기록은 언어로 한다. 동바는 누군가 이 일을 책으로 써 주길 바랐다. 하지만 아무도 그러지 않았다. 형은 요즘 부쩍 바빴다. 그래서 부탁도 할 수 없었다.

"세상에 꼭 필요한 책인데 아무도 안 써? 그럼 네가 직접 써 봐."

형이 말했다.

동바는 용기를 내 보기로 했다. 형의 제안대로 직접 써 보기로 했다.

첫 문장을 어떻게 쓸지 고민하던 동바는 일단 무작정 쓰기 시작했다. 쓰고 마음에 안 들면 다시 고치면 된다. 다시 고칠 수는 있지만 그래도 신중히 쓰기로 했다. 동바가 쓰는 문장은 그걸 읽는 이에게 특별한 게 될 수도 있기 때문이다. 누가 거기에 밑줄을 그을 수도 있다.

아무튼 어린 동바에게는 시간이 많다. 몇 년 전에는 251도 못 쓰던 동바였다. 그러던 동바가 이렇게 변했다. 몇 년 후의 동바는 또 얼마나 나아져 있을지 모른다. 글 쓰는 데 익숙하지는 않지만 누구나 처음은 있는 법이니까. 시작은 두렵지만, 일단 시작하면 두려움은 놀라움으로 바뀌니까. 경험한 부분은 진솔하게 쓰면 되고, 경험하지 않은 부분은 상상력으로 채우면 된다. 인생은 종종 너무 말이 안 돼서 때로는 허구가 더 진실처럼 느껴질 때가 있다. 하지만 상상력으로 쓴 허구라 해도 진실성이 있어야 한다고 생각했다. 거짓말과 진실한 허구는 엄연히 다른 것이니까. 동바는 그런 원칙을 정하고는 빈 노트에 또박또박 글자를 쓰기 시작했다. 제목을 어떻게 할지 고민돼서 일단 '할머니, 저예요'로 정했다. 마음에 안 들면 나중에 고치면 된다.

할머니, 저예요

새벽부터 내리던 비가 더 거세게 퍼부었다. 거대 로봇이 하늘에서 젖은 걸레를 쥐어짜는 것 같았다. 걸레처럼 시커먼 구름에서 구정물 같은 비가 쉴 새 없이 내렸다. 폭우도 화산을 식히진 못했다. 오늘도 시뻘건 용암이 바다로 흘러 커다란 돌을 만들고 있었다. 비 맞으며 일하는 아이들은 젖은 시궁쥐 꼴이었다.

(……)

그래도 언제나 희망은 있다. 오늘은 이 모양이지만 내일은 해가 뜰 것이다.

엄마와 단둘이 살던 아이가 있었다. 엄마 친구라던 아저씨가 난데없이 아빠라고 부르라고 했다. 엄마와 아저씨 사이에서 아기까지 태어나자, 집에 있는 게 더 불편해졌다. 내 집에서 내 밥그릇으로 먹는데도 눈칫밥으로 느껴졌다. 아기가 밥그릇을 엎었는데 엄마는 내 탓을 했다. 아저씨와 아기에게 집을 빼앗긴 기분이었다.

교복을 입은 채 거리로 나왔지만 돈이 있을 리 없다. 떨리는 손을 뻗어 먹을 걸 슬쩍했지만 몇 번은 용서받았다. 그러나 그 이상은 아니었다. 아이는 다시 교복을 입을 수 없게 된다.

그렇게 몇 살 더 먹으면 성년이 된다. 아무런 준비 없이 성년이 되지만 더 이상 미성년이 아니라는 이유로 이제 아무도 관대함을 베풀지 않는다. 어릴 때 읽던 동화책 속 세상은 따뜻했지만, 막상 맨발로 나와 보니 세상은 얼음장 같았다. 그렇게 어른이 되어 버린 한때의 아이들, 그렇게 어른이 되어 갈 아이들을 여럿 알고 있다.

나는 이 소설 속 아이들처럼 '아직 죄를 지은 건 아니지만 곧 저지를지도 모를', 회색지대에 있었다. 겉으로는 아닌 척했지만 머릿속은 혼란스럽고, 마음에는 분노가 들끓었다. 그 공격성은 어느덧 내 자신에게로 향했다. 내가 무사히 자라 소설을 쓸 수 있는 건 주변 사람들의 인내와 사랑 덕이다. 그러나 지금도 회색지대를 걷는 기분이다. 이 통과할 수 없는 땅에서 버티며 하고 싶은 얘기가 많다.

청소년은 미래, 희망 같은 추상적이고 듣기 좋은 단어와 강제로 결합된다. 그러나 청소년기는 특별하고 구체적인 과거를 만드는 시기 같다. 좋은 것이든 그렇지 않은 것이든, 늘 마음에 남을 과거, 평생 따라다닐 기억 말이다. 여러분은 2050년 늦가을의 차가운 공기 속에서 오늘 친구와 있었던 일을 떠올릴 것이다. 지금 여러분에게 일어나는 일은 잘 잊히지 않는다.

어릴 때 진심으로 읽은 몇 권의 책이 아직 내 옆에 있듯 지금 생성되는 독자 여러분의 특별한 과거가 내내 따뜻한 추억이 되길 바란다. 이 소설이 누군가의 기억에 남아 2050년 늦가을에 떠올려 준다면 나는 정말 기쁠 것 같다.

    안녕, 용광로

스피리투스
청소년문학
06

안녕, 용광로

초판 1쇄 발행 2026년 2월 20일

지은이 성준

펴낸이 김현숙 김현정
펴낸곳 스피리투스/공명
책임편집 김현정
편집 김도경
디자인 정계수
표지 일러스트 차차
출판등록 2011년 10월 4일 제 25100-2012-000039호
주소 02057 서울시 중랑구 용마산로 636. 베네스트로프트 102동 601호
전화 02-432-5333 | 팩스 02-6007-9858
이메일 gongmyoung@hanmail.net
블로그 http://blog.naver.com/gongmyoung1

ISBN 978-89-97870-97-4(43810)

숨결, 정신, 마음을 뜻하는 스피리투스는 도서출판 공명의 문학 브랜드입니다.